U0505943

单 挑

吴清缘 著

世纪出版集团 上海人民出版社

上海世纪文睿文化传播公司 出品

我不是一个乖巧的大学生，为写这段独白，我居然不知道自己已经翘了两节课，直到我的室友告诉我今天老师点名了，就你一个人没来。

　　我不是一个聪明的90后，为写这段独白，用了将近一个小时，写一句删一段，居然越写越少。

　　我现在在键盘上输入的每一个字，都承载着不乖巧不聪明的罪孽，每一次敲击键盘，都是一番与自己灵魂负能量的艰难对抗，没人帮你，纯粹的1V1。

　　但是我并不孤独。

　　一个又一个小说家扯开放键盘的抽屉，指尖落在键盘上发出脆响，于是我很庆幸，我不是一个人在啪啪啪。小说家们都是热衷单挑的勇士，我们都值得向自己致以崇高的自恋——

　　我燃烧节操写作，是为了照亮你们寻找节操的路。

——吴清缘

目录

拿来主义

当马大帅把卫地成的作业本抓起来撕成碎片的时候，吴请愿觉得卫地成真是一个傻逼。

马大帅身高两米，手可垂膝，撕纸的时候虎虎生风，有那么一瞬间，我觉得大帅的手臂像极了两根缠绕在一起的麻花。大帅把本子撕成了碎屑之后还意犹未尽，他把讲台上的纸片揉成一团，然后对准卫地成的脸劈头盖脑就砸了上去。

卫地成看见有暗器袭来，倏忽之间身形一矮，眼看着纸团就要贴着他的头皮飞过去，没想纸被马大帅撕得实在太碎，以至于纸团到达卫地成头顶正上方的时候，突然华丽地解体了。冬季校服的劣质绒表面毛头星星点点，碎片降落在身上被衣服黏住，一时间卫地成周身白雪皑皑。但是很令我们吃惊的是，卫地成的脸上也沾满了细细的纸屑，这使卫地成看上去很像科幻电影中的人物，人们究其原因，最终认为这是静电的关系——也就是说卫地成是个非比寻常的奇人，他的身体能发电。

马大帅嘴角勾勒出一抹阴险的笑意，声音却低沉、哀婉，乃至于显得十分之沉痛地说："卫地成啊卫地成，我就越俎代庖地代表数学老师惩罚你，这样，你把《变形记》抄一遍吧。"

卫地成上交几十页文稿纸的《变形记》的时候，我正好也在办公室。马大帅接过那一沓纸，随手翻阅了几下，然后很果断地将那堆纸揉成一堆，右手绕过后背拧着身子把卫地成三天的心血帅气盎然地丢进了垃圾桶。

"我没叫你抄课文，我叫你抄原文。"

卫地成的脸在那一刻变形了,他形容枯槁的脸上透出一丝难以言状的悲凉。他好像要表达自己的愤怒,但一时之间又不敢,马大帅庞大的身躯如泰山一般,把卫地成衬托得如同小兽。

当苦逼地从马大帅办公室里走出来的时候,我拍了拍卫地成的肩膀:

"我能保证你抄作业不会被抓……不过,你得给钱。"

我叫吴请愿。

我在微博上的个人资料是这样填写的——

爱美腿,爱大胸,爱熟女,爱松岛枫,我不恋空,因为她的腿太短。大家好,我是骚客。

我把太多的时间用在了对日本爱情动作片的赏析上,以至于真的我无暇顾及我的作业。我抄作业,但是我永远不会被抓,因为雇了一个枪手,包月的。

枪手个人资料如下——

姓名:梁红;性别:女;年龄:19;职业:上海财经大学大一新生。

枪手尽量要找大一的,大二还能凑合,大三大四的就极不靠谱了。身为高中生,我很清楚中国大学是一个能让你慢慢变成文盲的地方。我听一个大四的学长说他大三的时候连勾股定理都快忘了,后来在街上突然看到一双美腿,联想到初中时候一个三俗的玩笑——文言文里"股"译为大腿,"勾股"即"勾大腿"。想到这里此君豁然开朗,在夏季热裤下的一片白花花中记起了"$a^2 - b^2 = c^2$"。

现在我要把梁红的作业转卖给卫地成。

原封不动地给卫地成是不现实的。老师不是傻逼,而把老师当成傻逼,往往自己就会变成傻逼,卫地成就是例子。两份一模一样的作业交上去,总有一天会穿帮,在转手把作业卖给卫地成之前,我需要把枪手梁红的作业稍微整整容化化妆。

譬如说数学作业。我可以删步骤,譬如将解方程的步骤省略,直接写最终 X、Y 的取值——这叫抽脂。

或者增加一点废话,举一个简单例子那就是 $1+5+7+3=6+7+3=13+3=16$,你瞧这中间的步骤虽然啰嗦到渣,但是和原先的"$1+5+7+3=16$"相比较,答案的模样已经有了很大的不同——这叫隆胸。

同样可以颠倒一下计算或者证明的顺序。$2\times5\times6=(2\times5)\times6=2\times(5\times6)$——这叫开双眼皮。

还有就是修改符号。v_0 改成 v 初,Fe 写成铁;你在应用题里把杜蕾斯的个数设为 $s(ex)$,我把它改为 $f(uck)$——这叫植皮。

当然有时候我们会做一点小手术,我们须要把一些锦上添花无关痛痒的句子删掉,诸如"根据动能定理可得……"、"解方程,得……"之类的话去掉,和省略计算步骤不同,这是对于答案文学性的增删——这叫割阑尾。

当天我给梁红发了一条短信:不要拍照传我图片文件,我要你把作业打在 WORD 上。我发你一个输入法,你回去装一下,输入数学字符比较方便。

梁红:这样会很麻烦,不行。

我:我给你每个月加二十块钱。

梁红:好。

我突然想到了在各大门户网站新闻评论版面的小广告:昵称"大波妹"的人发了一个 QQ 号,又加上一句:你出钱,我给力哦。

哇噻,你出钱我给力——这就是我和梁红赤裸裸的交易关系,多么言简意赅呀。

我觉得涛哥是牛逼的代言人。

涛哥对此评价很生气，他给我说了一个笑话以证明我是在侮辱他：一群母牛看见砖家来了，慌忙地逃跑，问其原因，答曰：砖家会吹牛逼。

然后涛哥得出结论，我又不是牛，我为什么要做牛逼的代言人。

自此我愈发觉得涛哥牛逼了。

我把倒卖作业给卫地成的故事讲给涛哥听，涛哥沉默半晌之后突然对我竖起中指：

"吴请愿小心你生不出儿子。"

然后涛哥又对我说："跟着我把事情做做大，你又能生出儿子了。"

我迷惘地看着他："不要总把自己当成砖家，你又没有勇气吹牛逼。"

涛哥抚掌大笑："杀一个人你会被枪毙，砰一下，挂了，无后为大。但是杀一千万人，哇噻你就是皇帝，后宫无数，养不知道多少个妃子，生不知道多少个儿子。"

然后涛哥拍拍我的肩膀："我告诉你怎么做大——如果成了，六四分成，你六我四。"

我和涛哥分头行动，很快就找到了上家和下家。

上家是我的表哥，在上海交通大学读书，大一，因为在泡妞，所以非常缺钱用；下家是涛哥找到的，是三个外校的男生，同班，高二,因为泡妞,导致非常缺时间用。

涛哥对此情况发出了一声长叹,啊……你看这四个人,都是为了女人——姓吴的,你看看我们是不是有点像拉皮条的?

八点钟的时候表哥把 WORD 文档传到了我的邮箱,然后我给涛哥火速送了一份。

枪手的一份作业要对付三个人的胃口,所以我们须要整容两次,使作业变成一式三份,那三个高中生选择包月付费,于是我们从他们这里拿走九百块,然后给我表哥四百块。

涛哥的 QQ 头像在闪动,我点开一看,仿佛看到了他在振臂一呼——这就是中介的力量!

当我把一份数学作业和一份物理作业给涛哥审核的时候,涛哥说了一句很屌的话:

"如果告诉上帝这三份作业原来是一份的话,上帝都会高呼我勒个去的。"

中国中小学生的作业数量是世界的第九大奇迹。一个学生一生要做的作业,堆叠起来可以有六层楼那么高;而如果平铺的话,可以填满两个足球场。在睥睨天下独领风骚独具中国特色的作业面前,中国学生锻炼出了坚忍的个性,同时也开发出了一种民间的智慧——

抄。

这一个"抄"字,含义隽永。它体现了一种"兼容并蓄,海纳百川"的积极态度,代表了一种"取其精华,弃其糟粕"的学术原则。鲁迅先生的《拿来主义》无疑是对这个字最好的注脚——"运用脑髓,放出眼光,自己来拿",先生是多么威武,霸气外露!

由此可见，拿来主义，是抄作业这一行为的精神内核。

我和涛哥一致认为，我们开展的抄写业务，是一项拯救人民于水火之中的伟大事业。它已经不再局限于抄作业这一件具象而肤浅的事件上，而是直指事件的本质和核心——

拿来主义。

我们是在继承鲁迅先生的遗志。我们自称拿来主义有限公司，并且给它取了一个帅气的洋名：nalai-runner。

我们的事业一帆风顺。

涛哥游走于黑白两道，上下通吃，我们业务繁忙，需要我们整容的作业已经达到每天十几张之多。至于我和卫地成的小生意，早已成了可有可无的鸡肋，兔子不吃窝边草，我和他的交易持续了两周就中断了。

nalai-runner 的优势在于价格。市面上作业代写公司有很多，但没有一家能给出如此给力的报价。包月每门功课一百五十块是普通市场价，对于枪手而言，却可以从我们这里拿走两百块；对于客户来说，却只要付一百块钱就够了。

三个礼拜之后我们开始算账，我们欣喜地发现赚了两千多块钱。涛哥手里拿着二十张红纸币显得很激动，我看到他嘴角的两撇胡子抖个不停，很怀疑是不是局部毛发得了帕金森氏症。

我很大度地朝他挥一挥手："涛哥，五五开吧。"

涛哥吹起了自己的刘海，我知道这是他吹牛逼的前兆："这是你的创意，我不能这样……我们六四分吧，说好的。"然后他从两千块里数出了一千二，牛逼哄哄地放进了自己的口袋。

意外竟然出现得如此之快。

在我们学校，不论男女，一个月里总会有那么几天觉得不舒服——每个周二下午四节课上完以后，亲爱的学校还要给我们加一个半小时的补课，以至于我们在那天放学总是特别晚。

那个周二我们补习英语，坐在第三排的我透过虚掩的门隐约地看到一个飘忽的身影。这个身影比较娇小在门口晃来晃去，时不时地凑近教室门向里窥探，看样子好像不是本校的学生。

这时候从后排扔过来一个纸团：

"小心，来者不善。——涛哥敬上"

我觉得这小子有点自作多情，于是在"涛哥"两个字上打了一个圈，画了一个箭头，上书：羊驼。

然后扔了回去。

下课之后教室门户洞开，我看到了一个娇小可爱的女孩，根据这一身碧蓝的土逼校服判断，她应该是 H 中的学生。我背起书包第一个走出教室，突然感觉到一股炙热的目光追随着我，然后目光的主人在门口把我拦住："同学，问一下，你认识一个叫吴请愿的人吗？"

女孩长得很玲珑很萝莉，声音更是甜美无比，我觉得胸口有些发闷，慌忙护住心口。据说日本有一男子在超市被萝莉称呼为"大哥哥"后狂叫一声暴毙而亡，可见"萌"对人是有物理杀伤的。

我知道自己此刻的表情很诡异，萝莉明显被吓到了，两条短腿往后蹭了五六步："额，同学……你认识一个叫……"

我终于捋顺了气："我就是吴请愿！你是？"

"我是卜重要，你是那个什么……有限公司的……CEO？"

我扶正散乱的刘海：

"对。CEO 就是我，我就是 CEO。"

萝莉是我的客户，但是我们彼此其实并不认识。我与萝莉之间还隔着一个人，此人同时认识我和萝莉，就是他向萝莉介绍了 nalai-runner 的业务。

萝莉的上家是华师大的一个师范生，姓何，名谢，大二上学期去萝莉的高中实习，听老头子老太婆讲课。实习结束以后何谢在走廊上边走路边玩手机，路走得七扭八歪旁若无人，这时候富有童心的萝莉正在走廊里同学玩躲猫猫，一路没头没脑地飞奔。

萝莉比较小巧，而何谢又高又瘦，萝莉奔跑的时候一颗脑袋如天马流星锤一般撞在何谢孱弱的手臂上，然后一只 HTC 触屏手机伴随着何谢的杀猪叫应声而落。

萝莉慌忙把手机捡起来，余光瞥到手机屏幕，手机屏幕上赫然是一张放大的照片，很扎眼，上面布满 XYZ 和圆锥方程。

这是萝莉在一刻钟之前从练习册上拍下来的作业题。

于是两个人就这样很偶然地相识了，然后他们发现了一件不可思议的事情：

萝莉付了 150 块，而何谢收了 250 块，这个中介真牛逼，倒贴了整整 100 块。

何谢人如其名，思维比较河蟹，他眉飞色舞地说碰到了傻逼倒贴户，然后仰天大笑出校门去了——你瞧，不要把别人想得傻逼，否则自己就是傻逼，这又是一个绝佳的例子。何谢欢天喜地地走了，但是萝莉却在思考：一桩生意这伙人就倒贴了 100 块，一百桩生意他们岂不是亏得连内裤都赔出去了。

然后萝莉很快就想到，我们势必是将何谢的作业，倒卖给了除她以外的其他人。

萝莉很生气，她的第一个想法是要在 QQ 上找到我，把我痛快地骂一顿然后追讨自己的两百块。但是很快萝莉有了一个新的想法,而我觉得这是一个极其伟大的思想——

她要加盟我们。

萝莉生怕我会跟她玩失踪,于是她通过了另一种方式:手机定位。二十一世纪是神马辈出的年代,萝莉找到了一款名为"幽灵卧底"的手机软件,输入手机号就能定位对方的位置。

然后这个叫卜重要的萝莉就出现在我面前了。

卜重要在讲述的时候,涛哥的眼神从未离开过眼前的美妞。他从上到下再从下到上地打量了对方不下三十八次,最后视线停留在对方领口前一大块雪白的平原上久久不曾离去,口中一直咕哝着两个字:

"人才。"

卜重要得知了 nalai-runner 的运作方式之后极为震惊,粉脸红扑扑地显得春情萌动。在满脸的红晕中,卜重要露出了诡异的笑容:"要拓展业务,你们就需要更多的人。"

"用来干什么?"

"整容。"

"犀利。那我们找谁?"

"只要大学生。"

"答对了。"

"那你同意我入伙了?"

"你刚刚说过——只要大学生。"

卜重要眯起了眼睛。

就在这一眯之际,空气中突然出现了无敌的气场,使我和涛哥不由为之气滞:

"如果你仅仅把我当成你的员工——我可以保证,你这个皮包或者包皮公司,活不过下一个月。"

卜重要一语点醒梦中人。

她告诉我们:nalai-runner 必须保证,客户到手的作业,每一题都是对的。

作业一式 N 份之后,如果出现类似于二的三次方等于六的笔误,对我们的打击是毁灭性的。老师会吃惊地发现我们的三位客户竟然极为巧合地在同一处地点大脑短路,他们人赃俱获的同时,就会发现是我们在其中搞鬼。

所以,没有步骤只有答数对一般学生用处不大的答案,对我们而言却是至关重要的核对工具。而令人欣喜的是,大部分作业都是有答案的——

这些作业不是教材配套练习册就是教辅用书,前者的答案在教师用书里,而后者的答案往往附于书后,但一般是会被勒令撕掉并且上交老师。

卜重要说完以后我看到涛哥流汗了。就那么一滴,从额头慢慢地滑下,滑到下巴的时候这滴汗就是不落下,挂在涛哥的胡子上,进退不能。

然后卜重要成为了我们的一员,她抽一成,我和涛哥抽四成五。

我们的事业蒸蒸日上。这是一个庞大的商业体系,如蛛网一般在全市的各个学校延伸,而在庞大的"蛛网"内部,拥有不同职业的人各司其职。

眼睛：

"眼睛"负责招揽业务。绝大多数的"眼睛"是涛哥人脉的延伸。"眼睛"混迹在各个中学内部，如同传销人员一般，从每一笔业务中收取一到两成的回扣。在"眼睛"的帮助下，我们的业务在各个学校进行得如鱼得水。

枪手：

枪手即代写作业的人。我们在各大兼职网站贴满了招聘启事，以极其丰厚的报酬吸引大批高品质枪手。卜重要负责筛选纷至沓来的应聘者——我们只挑选名校的大学生，信誉是我们开拓业务的保证。

整容师：

即修改作业的人。我们对整容师的要求同枪手。

核者：

核者即核对者。核者负责核对答案，由我进行招募，成员几乎全部是高中生。一共有十二个核者，他们手中分别持有教材配套练习册、华师大版一课一练、原子能出版社系列教辅等等十二本作业的答案，在核对完毕之后通过 QQ 向枪手指出错误，直至正确率百分百后转交给整容师。

纽扣：

"纽扣"是客户与枪手之间的联络员。由于客户暴涨，涛哥卜重要我三人显然无法承受转发几百份作业的任务，因此须要联络员负责客户与枪手之间的联系。客户把作业发送给"纽扣"，"纽扣"再把作业发送给客户所固定的"枪手"。

具体的操作流程就是：眼睛——客户——纽扣——枪手——核者——整容师——客户。完整的利益链条就这样水到渠成，而在链条的顶端，两男一女三个未成年人垂拱而治，坐拥其成。

卜重要加入我们的时候适逢二月底，当三月底我们进行结算的时候，欣喜地发现竟然有了一万块的盈余！卜重要数钱的时候我在看涛哥，因为涛哥此时的表情是突破性的，他的脸几乎和面瘫无异，藕断丝连的口水正扑簌簌地往下落。

当卜重要厘出四千五的时候，涛哥就像一头野兽一样扑了过去。但是我却在涛哥的爪子沾在钱上的前一刻把那刀钱抽走了，饿虎扑食的涛哥差点被自己绊了一个狗吃屎。

"把这一万块给我，我来投资。到那时候我们根本不需要'整容师'"，我淡定地看着愤怒的涛哥：

"而我们的月盈利，将超过十万。"

涛哥是一个极其小气的人，他曾经因为我喝了他一口可乐而声称与我绝交。现在把一万块钱放在涛哥面前却不让涛哥拿，这几乎等同于在涛哥高潮的时候不让他射精。

此刻涛哥的脸同生物变异，他的脸部皮肤从黑转红，由红变绿，颜色变幻莫测。但是我并没有重视正在发生着的生化危机，继续不无淡定地口若悬河：

"为什么不能把作业整容的工作交给电脑去做？如果我们能找到一个足够优秀的程序员，编出一个'作业整容'的程序，我们根本不需要那么多员工付那么多工资！在买断程序之后我们做的几乎就是无本万利的买卖！然后我想说，这样的程序员我找到了，这才是重点……"

我真的找到了。在卜重要数钱的时候，交大计算机系一长相酷似潘长江的帅哥给我发了一条短信：

很抱歉让你等了这么久。我之前一直在评估这个项目的可行性，现在我可以很明确地告诉你，这个项目我能接下来，但是我们需要一万五的报酬。

于是我知道摊牌的时间到了。

但是我没有预料到在我摊牌之后，涛哥竟然会突然地牛逼起来。

他牛逼得如此之突然，以至于我毫无思想准备：

"把四千五给我。我只要我的四千五。"

这件事事关 nalai-runner 的走向，涛哥还在磨蹭不休，不由得使我急火攻心："我们之前不是说好的么，我们赚的钱得拿一部分出来给 nalai-runner……"

"拿出一部分……你这叫拿出一部分?！老子只要一答应，第一次赚这么多钱一下子就被你们全充公了！你们要一部分? 把四千五给我，我给你们五百……"

"你个二逼……"

"你才是二逼……"

"你又不是我，你怎么知道我是二逼；你又不是我，你怎么知道我不知道你到底是不是二逼……"

涛哥一时词穷："去你妈的……"然后他用中指指着我的鼻子，"你们拿着五千五去搞吧，搞死了或者搞活了或者搞得不死不活了都不关我的事，我只要我的四千五。"

牛逼的涛哥也有失算的一天。

交大的帅哥成立了一个四人小组，四人分别突破程序的四个模块，效率惊人。半个月后，一套活色生香的软件应运而生，程序经测试,巧夺人工。

当我和卜重要去交大闵行校区验收的时候,帅哥帅气逼人地吹起三根刘海:"编写和调试这套程序难度很大,一万五不算一个高价。我不废话了,你懂的。"

卜重要看上去有点尴尬,她不无揶揄地说:"我先给你们八千……程序先给我们,七千块先欠着……"

那哥们笑了:"如果你们要欠钱的话……你们就要欠一万二……"

我觉得大脑有点充血:"什么! 我们只是拖欠最多半个月而已,这个程序就涨价了? 物价是在涨但也没涨这么快啊兄弟!"

帅哥打了一个响指:"不好意思,就是这么快。"

卜重要拧了拧眉毛:"凭什么?"

"合同。"帅哥从包里掏出一沓 A4 纸,"不好意思,这是你们之前签的知识产权转让合同。我想你们一定忽略了乙方第五条第 12 则……"

卜重要紧紧地咬着下唇,我看到她的嘴唇渗出了血:"好。我们打欠条。"

"如果你想打欠条的话,也可以。不过欠条最好不要手写,打印出来会显得庄重一些……"帅哥搂住了身旁一个女孩的肩膀,"这是我的女朋友,法学专业。欠条什么她会帮你们代写,当然你们要在下面签名的——不要用左手哦,亲。"

涛哥的不配合让我们损失了整整五千块。

如果涛哥配合,二月份的盈利加上四月份上半月的盈利,总计正好一万五。

但是涛哥没有。

当涛哥目睹了这款软件极其强悍的功能时，他没有说话；当涛哥看到我们在裁员时，他还是没有说话；当我们只留下三名整容师——他们的工作只是将收到的 WORD 文档输入软件、并且我们在下半月盈利三万块的时候，涛哥屁颠屁颠地说要开一个董事会议。

我们坐在离学校最近的一家巴贝拉里，涛哥正在一脸歉疚地讨饶。他拿着一根勺子含在嘴巴里，竭尽全力向我们卖萌：

"嗯嗯，我错了……原谅我吧，我听你们的……不要嘛，就是不要嘛……不理你了闹……矮油，人家不喜欢了啦……"

卜重要看着涛哥演戏，最后用与她萝莉体型不符的冰冷语气说："你觉得你还有脸拿四成五么？"

涛哥挥舞着勺子，撅起油腻的双唇作可爱状："不是不是啦。这样，我剪掉零点五……我拿四成，你拿一成五……"

"不。我五，卜重要四，你——"我转身朝一个四十岁的中年服务员打了一个响指："小姐，买单。"

然后我听到了金属迸裂的声音。

一个带着粗重鼻音的女声很快传来：

"这位先生，损坏餐具要赔偿的。一把勺子，十块……"

我们绝不会想到，崩盘竟然只在一昼夜之间。

事情出在 B 中身上，这是一个幽默的巧合。

B 中高三 4 班的三名男客户，他们抄作业的真相被老师发现了。

昵称王老吉并兼职 4 班班主任的数学王老师把他们叫到办公

室,三本作业本摊开在桌面上排成一列,红笔分别在上面画了一个圈。

$$5^2 = 10$$

$$10 + 225 = 250$$

这个世界真他妈二百五。

负负得正。

我们亲爱的枪手连续犯了两个低级错误,他把5的平方视作5乘以2,于是算成了10,然后又把10加225错加成了250。而很神奇的是,倘若两个式子全都计算正确,这道题的最终答案居然还是250。

由于答数正确,这一十分脑残的错误被核者华丽地忽略,进入整容者系统分为一式三份,分送到了B中三个男生的邮箱里。

何谓造化弄人。

B中的三枚汉子愤怒地来求问真相,董事会紧急召开会议商讨对策。我们在一家星巴克里讨论了将近三个小时,大致提出了一套靠谱的解决方案:

第一步,重金抚恤,补偿王老吉对他们的狂喷;息事宁人,不能让他们向外走透一点风声。至于具体的金额,大致在每个人一千块钱左右。

第二步,抚恤过后,由涛哥在B中认识的"龙头大哥"出面,向三人发出含蓄的警告,以免三人一而再再而三地敲诈勒索。警告不可太嚣张,要含蓄,要有风度,要有大哥的气象——拍拍对方的肩膀,见对方回头后回应一个冷峻的微笑,自报家门说自己和nalai-runner 的某位高层熟识已久,但千万不能泄露我们几个的名字,接着在寒暄之后不经意间说一句:钞票都已经到位了,和我兄弟有关系的闲话就不要乱讲了,乱讲话是要打屁屁的,你懂的……

第三步,辞退那个出事故的枪手,并且和复旦大学的潘长江帅哥商量,能否在"整容师"软件中实现简单计算的检查,钱不是问题。

我们三个人埋藏于利海的最底端,本着不轻易与客户见面的基本原则,将巨额的抚恤金通过涛哥的关系网转送到三个汉子手中。汉子们拿到钱的那天喜气洋洋,纷纷庆祝自己运气好,并且对天发誓绝对不说出去——

如若违誓,立刻屏爆于无形之中。

一切看上去很顺利。

如果不走这可有可无的第二步的话,一切依然会很顺利。

B中的龙头大哥廖哥是涛哥的发小,是一个生性狂放不羁的人。他又不领我们的盒饭,自然不甘心做涛哥的演员,把卜重要给他设计的台词扔到一遍,来了一个我的地盘我做主。

那天他一巴掌使劲拍在汉子张三的肩膀上:

"张三,有事儿找你聊聊。"

廖哥这一巴掌打得张三痛彻心扉,一侧身体彻底僵掉,心惊胆战的张三神色张皇,歪着身子跟着寥哥走进厕所。张三殊不知一入厕门深四海,他一跨进厕所的门,就被廖哥顺势往墙上一推,浑浊的空气里,顿时弥漫起宅腐的气息。

廖哥看着张三惊恐的表情哈哈大笑:"你放心,爷不是同性恋……就是同性恋也不可能看上你……说正经的……你认识涛哥吗?"

"不认识……"

"哈哈,真是太巧了!我认识涛哥,但你不认识涛哥,啊哈哈,是不是很巧……"廖哥说了一个自以为很好笑的冷笑话之后突然压低了声音,"哎对了,据说 nalai-runner 那边给你还有小六他们每人一千块封口费,这事儿是不是真的?"

张三嗫嚅着:"是……的……"

廖哥此刻看上去很生气,他的两只眼睛向中间挤,有一种《愤怒的小鸟》里那只大黑鸟的神韵:"所以……小子啊,人家封口费都给你了,别人的闲事就不要到处乱传了知道么?去跟小六他们说一声,哪天你们把 nalai-runner 那的秘密说出来,别怪我在学校里对你们不客气……"

小六不比张三,他不是好惹的人,虽然人在高三,但一心有当龙头的志向,韬光养晦两载有余,周围小弟无数。当张三颤抖着把厕所里被廖哥推倒的悲惨故事讲给小六听的时候,小六暴跳如雷,突如其来的震怒把小六皱巴巴的面皮竟然一下子给捋平了:

廖哥啊廖哥,你还真把自己当哥了?!

血气和火气俱旺的小六觉得自己不能再忍气吞声了。他意识到廖哥对张三的无礼其实是在影射自己的无力,廖哥反复提及自己的名字就是最好的证明,其言下之意就是:"你不是要造反吗?就你个挫驴还想造反?!我照样像爷爷教训孙子一样威胁你!"

所以小六要挑衅廖哥。

而这根用来挑衅的导火索,其本质是一个谎言。

当他们对天发誓自己绝不把 nalai-runner 的事情说出去的时候,他们早已把抄作业的秘密泄露给王老吉了。

那天绰号王老吉的王姓数学老师正襟危坐,一双空洞的眼睛注视着三个人,令人后背发凉。三人虽然在之前通过气,但是在那死尸般的注视下胆小怕事像个娘们似的张三首先顶不住了,他颤抖着把自己与 nalai-runner 的交易说了出来,据说他出门的时候,裤裆还是湿的。

"你去告诉姓廖的,"小六搓了搓双掌:"我们在发毒誓之前,就已经把什么拿来主义狗屁公司说出去了。你叫他看着办吧,要单挑还是群架,随意。"

张三:"可是我们不是发过毒誓么,如果说出去,屌就会爆炸……"

小六:"你个傻逼知道会爆炸还发誓得那么起劲? 难道你真爆……爆了?!"

张三:"我当然不相信会自爆……可是这说出去岂不是会很丢人,他们会拉我裤子,然后会验证我是不是真的爆了……"

小六:"……可是我们发誓的时候,说过是谁的 JJ 会爆炸么……其实我说的是'姓廖的'屌爆了,只不过我省略了主语……"

张三:"可是我们还收了一千块钱封口费啊。"

小六:"你真当这是封口费了? 老子被他们骗了两个多月,一千块钱是对我们的赔偿!"

张三:"王老吉貌似也没做什么啊……你这样做动机何在?"

小六:"你这傻逼……白痴都看得出我想干嘛! 老子这么做,只有三个目的——第一是挑衅,第二是挑衅,第三还是挑衅! 老子就是要惹他,老子要跟他火并,老子想做掉他已经想了很久了……"

涛哥被激怒了。

我和卜重要再三劝诫涛哥不要冲动，冲动是魔鬼，为此我还特意陪着涛哥看了两个小时的《功夫熊猫》，目的就是为了告诉他身为大哥必须要拥有的素质——

Inner peace.

我对涛哥说："老子曾经曰过：恬淡为上，胜而不美……inner peace，心如止水……"

卜重要也在旁边支援我："那个傻逼张三虽然不慎泄露了我们的秘密，但是老师也是人嘛，王老吉没必要管外校的闲事……"

牛逼的涛哥在我们的碎碎念下突然长身而起："你们他妈的都不要拦我！"

一场斗殴势所必然。

涛哥叫廖哥不要插手这件事，他说他要亲手干掉那个谇名猥琐的小六。廖哥也是纯爷们一枚，执意带着自己手下的几个精兵强将，一道加入了涛哥的阵营。为了组成一支最强战阵，涛哥在本区五所学校内招兵买马，而且只招募每个学校的战神级人物。

那天黑云压城，眼看要下起瓢泼大雨，涛哥和廖哥组成的五校联合军队出现在B中的校门口。一刻钟之后小六带着人马风风火火地跑出来，两军呼啸着对冲过去眼看就要一阵大杀，廖哥突然一声大喝：

"慢着！"

廖哥在B中果然有相当的淫威，一声大喝，两边集体罢手，静观廖哥发言。廖哥弯着双手蹭了蹭胸前的衣服，然后朝着众人放声咆哮："注意影响，注意影响，要动手，也别在自己学校的门口！"

于是有人提议去西街的A巷，那里人烟稀少，气氛幽静，环境宜人，还有两棵苍翠的梧桐，遮阳避雨，适合各种各样的野外战斗——简称野战。涛哥廖哥小六几个头领一致认为这是一个好主意,于是涛哥的部队走在前面,小六的部队走在后面,浩浩荡荡地向 A 巷进发。

但是还没走到 A 巷,战火就触发了。

两支队伍彼此贴得很近,前后只有一条若隐若现的小小缝隙,小六的部队里走在最前面的一个小喽啰按捺不住内心的激动,走着走着貌似走出了正步,一个抬腿,踹到了前方涛哥队伍里压阵的汉子。

两个喽啰率先开始厮打,很快战火就波及了所有人。而很不巧的是,两支大军中途停下开战的地方,正是离 B 中半里不到的 H 中,而卜重要就在校门口一百米处,亲眼目睹了这场旷世之战。

涛哥所率领的联合军极其彪悍,特别是两名主帅涛廖两哥,身先士卒,有万夫不当之勇,两人在人群中上蹿下跳,伤人无数。涛哥和廖哥不仅力大,而且速度快,眼睛尖,杀敌的同时眼观六路,一看到敌方有人被自己人群殴,身形闪动立刻加入群殴战团用中指狂戳对方腰眼。在局部战役中处于优势地位的群众看到主帅驾临更加斗志昂扬,于是这种补刀的无耻行为,反倒极为有效地鼓舞了士气。

小六的部队伤势惨重,指甲的划痕和巴掌的瘀青贴在他们脸上,在风雨欲来的傍晚显得相当悲壮。眼看此次群殴就要以小六大败亏输而告终的时候,伤痕满面的小六突然大吼一声:"脱!"

小六一"脱"之际,骤雨倾盆而下。

由于联合军的成员来自不同学校,两军为了易于辨认敌我,战斗时的规矩是这样的:联合军穿白色便装,而小六的军队则清一色的黑色校服。

而当小六一声令下,叫手下把校服外套脱下的时候,联合军这才发现对方校服内打底的竟然全是白色的衣服,于是黑衣人一下子全都变成了白衣人,战场顿时变得白茫茫一片。涛哥的联合军来自五所学校,其纽带由涛哥所维系,不同学校的盟友之间也就只有一面或者几面之缘——比如可能在网吧一起打过 DOTA,或者同时在线刷过副本。因此来自五湖四海的联合军彼此熟悉度极低,乱战之下发现原本黑色的敌人变成白色了,白色的队友还是白色,这下连谁是谁都认不出了,打人之前首先得对着别人的脸盯上一两秒,斗鸡眼都快练出来了。而小六的军队都是一个学校一个年级的,彼此之间极为熟稔,即使全部脱光了,在一堆大同小异的肉色中,也能在一秒之内清晰地辨认出敌我。

天色晦暗,暴雨如注,糟糕的天气下更加不好认人,联合军同室操戈的惨剧不断发生:

"卧槽,你打我?!""啊,认错了!""尼玛的,长眼睛了没?!""你戈壁的骂我?""老子骂的就是你……""%♯……¥&""……¥♯&……"

战役的结果以涛哥的惨败告终。涛哥的联合军看到人就打,而小六的军队看到敌人就打,胜败当然不言而喻。这场战役打得全区震惊,该区各校在当天晚上就寻访家长展开调查。更是委屈了 H 中的学生,当天不仅受惊而且受辱——那时候还在校的学生被全部扣下,接受子虚乌有的调查。

其中就有卜重要。

那天六点半我接到一个电话,卜重要在电话里一声长叹:

"拿来主义,危险了。"

马大帅抚掌长嗟："哎哟喂。"

这已经是马大帅在一天之内第五次把我们叫到办公室了。我们垂手含胸站在他面前，而他则以坐井观天的姿态仰头注视着我们。这恐怖的深情凝望持续了五分钟，马大帅终于喷出了几个字：

"哎哟喂。你们是横子。"

当调查深入之后，这场群殴的起因逐渐浮出水面：把 nalai-runer 透露给马大帅的，其实并不是小六。

官方的调查使涛哥廖哥和小六反倒有了同仇敌忾之情，小六虽然获胜，但也自知理亏，群殴事件结束后，从头至尾没有透露一句关于 nalai-runner 的消息。

那么真相只有一个。

王老吉。

身为我和涛哥班主任的马大帅，奉命调查"拿来主义"的真相。而我和涛哥一致战线，一口咬定我们除了给 B 中三子做过交易之外再无前科。马大帅显然不相信，他时隔两个小时就会把我们叫到办公室，用一种讳莫如深的目光看着我们，那种暧昧的目光令人不寒而栗。

与此同时，卜重要正在力挽狂澜。

卜重要显然意识到了巨大的危险性，但是她又不愿意立刻中断业务以图自保。首先，中断业务会导致巨大的经济损失；其次，抄写党最缺乏的是安全感，临时中断业务必然会导致客户对于 nalai-runner 的怀疑和不信任；最重要的一点是，中断业务意味着所有黑色职业的链接被瞬间切断，环环相扣的利益链条一旦松脱，再扣上就不是那么简单的一件事了。

最后她做出一个弃卒保帅的决定：

在其他业务照常运转的情况下,彻底切断 nalai-runner 与 B 中的所有业务往来。

我们的业务不向自己的学校延伸,因此我校很少有人知道 nalai-runner;再加上涛哥在我校素有威信,鲜有人敢对涛哥不利,因此马大帅调查旬日有余,依旧无果。

拜小六严实的口风和卜重要果敢的行动所赐,潜伏在 B 中的危机逐渐烟消云散。王老吉试图揪出在 B 中除了小六三人以外的 nalai-runner 客户,但她自始至终一无所获。

但即使如此,危险依旧无时不在。一旦马大帅和王老吉到网上去谷歌一下,真相立时大白于天下。我们揣测马大帅和王老吉应该是低估我们了,他们以为我们最多就是小打小闹赚赚零花钱,断没料到我们竟然已将业务扩展到需要上网做广告的规模。

至少到现在,nalai-runner 安然无恙。

我们痛定思痛,终于意识到一切危机最深层次的来源:我们不应该向客户公布我们身为学生的身份——

"眼睛"毫无顾忌地向客户们宣传 nalai-runner 由学生创建的信息,并且提出了"学生不坑学生,价格如此给力"的口号;而大多数的"眼睛"又与涛哥相识,他们以涛哥的牛逼为 nalai-runner 的卖点,大肆介绍涛哥的神奇。

于是当王老吉向小六他们逼供的时候,张三明确地说:

"这帮人还是学生。"

如果我们的身份是无业游民,和那些市面上搞作业代理的中年人一样,事情又会变得怎么样呢——

小六没这个胆子挑衅,因为站在廖哥背后的是一群混江湖的大人。

于是群殴火并的事情不可能发生。

至于马大帅和王老吉，即便他们通过其他途径发现了 nalai-runner，出于明哲保身的考虑，他们也不敢去碰素来彪悍的江湖客。

但是我们依旧做出了一些补救措施。翌日，我们向所有客户声明：

nalai-runner 的创始人因学业繁重，无暇顾及公司运营，nalai-runner 已被更专业的 DSDIK 机构收购。

当然，这件事情是不存在的。

牛逼的涛哥背着我和卜重要，真的在和别人谈收购 nalai-runner 的事宜。

当他把这件事向我汇报的时候，我连呼吸都变得急促了。

涛哥说："这个人说要花三十万收购 nalai-runner，我想这么好的事，如果我抢先一步谈妥了我不就立功了么？这样拿到的三十万，我是不是可以拿走至少十万？你也要为我考虑考虑，我可不想永远只能拿一成……"

涛哥的牛逼形象轰然倒塌。这个全身上下携裹着牛逼气息的王的男人，在褪尽牛逼后原来只是一介莽夫。我突然顿悟：很多时候，你眼中的牛逼，其实不过是一张牛皮。

"我把公司的业务规模和盈利状况告诉了他，然后上个厕所的工夫他就突然从 QQ 上消失了。我不知道这个人是什么用意，但是我保证我没有把我们赚钱的秘密说出去……"

第二天，我和涛哥被马大帅召唤到了办公室。

有那么一瞬间，我仿佛看到，在辽阔的玛勒戈壁上，一群草泥马飞驰而过,卷起了滚滚红尘。

千万不要把别人轻易地当成傻逼。

卫地成对马大帅说:"吴请愿在说谎,他们的拿来主义有限公司,招募枪手为三百个学生代写作业——不对,准确地说,是枪手把作业打成 WORD,传给那些学生给他们抄。"

马大帅:"你怎么知道的?"

卫地成:"我什么都知道。"

马大帅:"不可能,连我都不知道,你怎么可能知道?"

卫地成:"谁叫你这么笨……"

马大帅:"你说我什么……好吧,你现在去把他们两个人叫过来。"

卫地成:"……"

我和涛哥站在马大帅跟前,再次接受了若干分钟的视奸。马大帅用他无敌的眼神荡涤了我们的灵魂之后,向我们问出了一个让卫地成吐血的问题:

"卫地成同学说,你们的拿来主义有限公司有三百多个客户,还赚了几十万,这件事情有么?"

我和涛哥拼命摇头。

"他还说你们还和 H 中的一个女孩子勾结,有没有这个事儿?"

涛哥把头摇得风生水起,但是目光却凶狠地落在卫地成身上。

"老师,我能问卫地成一个问题吗?"涛哥突然问马大帅。

马大帅稍一欠身,姿态从容优雅:"但问无妨。"

然后办公室里顿时响起了涛哥疯狂的咆哮:"卫地成,你告诉我这到底是怎么一回事?"

卫地成祸从口出。他的叙述断断续续,支离破碎。

坊间把我和涛哥倒卖作业给 B 中三子的故事传得神乎其神,这一切当然也传到了卫地成的耳中。卫地成隐隐觉得此事蹊跷,结合我曾经有半个月里持续卖作业给他的经历,他觉得事情没那么简单。在某网站上他很偶然地看到了拿来主义的广告,于是顺藤摸瓜地找到了涛哥的商务 QQ 号,以买断之名,试图找出 nalairunner 的真相。

人生就是如此这般的令人大悲大喜。

"拿来主义"最终夭折,我们的经商之路戛然而止。身在 H 中的卜重要和我们一样收到了校方的记大过处分,并且被强制收缴了所有非法所得。所幸我们未雨绸缪,收支明细分真假各一份,假账上交校方,于是我们仍旧留存有三分之二的盈余——

已经是不幸中的万幸了。

我、涛哥还有卜重要不小心出了点儿小名儿,这是我们始料未及的。关于"拿来主义"的报道见诸各大报刊杂志,并在微博上广为流传,我们的事迹成为传奇,我们的经商经历成为典范。学校曾想过封杀所有关于"拿来主义"的不正之风,但是区区校长根本抵不住舆论的蜚短流长,我们威名远扬,成为这座城市千千万万苦难学子眼中的英雄乃至于圣人。

当我们在向外界讲述"拿来主义"短暂却又辉煌的一生的时候,我们并没有透露关于卫地成告密的点滴。当被问及我们是如何被校方获悉"拿来主义"的秘密的时候,我们只说这是因为马大帅马老师火眼金睛。我们这么说一来是这件事有损涛哥颜面,二来我们都不是睚眦必报的小人,不供出卫地成是为了保证他的安全。而校方似乎与我们英雄所见略同，彻底隐匿了卫地成在整个事件中所产生的不可估量的作用。事实证明我们是对的，当我们成名之后，马大帅家里的玻璃窗隔三差五地被各种工具砸坏，并且据小道消息称他家的信箱不时会收到匿名的威胁信——但毕竟他是老师，学生还不敢太过放肆。

涛哥打算东山再起，被我和卜重要严词拒绝，眼下再干这勾当等同于在众目睽睽之下奸淫妇女，是肯定会被绳之以法的。我们无法重建"拿来主义"，但是我们还是得到了新的工作，我们三人成为生意上的顾问，指导那些有意步我们后尘的孩子——

说说话总不犯法吧。当然，有时候我们会收到他们送的礼物，比如一只大大的羊驼毛绒玩具，肚子里则塞着厚厚一沓红包。

他们抄袭了我们当年创建"拿来主义"时神乎其技的构思，但是我并不忌恨他们，甚至于，我祝福他们，并真心希望他们生意兴隆。一来，我们有可能拿到更多更丰厚的红包，二来呢，他们继承了我们未尽的志向——

　　总之，我们要拿来。我们要或使用，或存放，或毁灭。

　　　　　　　　　　　　　　　　　　　——鲁迅《拿来主义》

跪着的人

你们跪着,膝盖很疼,所以你们一直在试着跪在别人的肩上,越往上跪,肩上的欺辱就越少,膝盖也就更轻松。君子之道你们不懂,那是用脚站立的艺术。

——刘楷岳

他活得很不自在,虽然他一直光芒万丈。

他是一个标准的文艺青年,在他的圈子里,他一直是一个趾高气扬的存在,而他最为人所称道的,是他十分不俗的音乐品味。哥金、重金、暗潮、民谣、新民谣,无一不通无所不精,写起乐评来洋洋洒洒头头是道,读者无不击节赞赏,而他的自豪感则为之爆棚。

对他而言,一个普通的周末基本上是这样度过的:睡饱一个懒觉,下午一两点出门,赶赴一家坐落于居民区的文艺小书店。书店坐落于居民区,曲径通幽,闹中取静,每周日下午例行举办一期读书会,读书会结束之后和几个朋友在 CBD 吃一顿高富帅风格的晚餐,到晚上赴酒吧听一个民谣或者摇滚现场,而每次都能顺带一个甚至两个妹子回家。

当一切尘埃落定,已经是午夜三点了,身旁的姑娘早已沉沉入睡,这时候他才如释重负地拿出了 TOUCH 和耳机,而后他所做的,则是令他的灵魂十分难堪,或者令他十分不齿的行为——

他几乎无法控制地将手指移向了播放软件歌手分类"凤凰传奇"的下拉框。

有一次圈内人士聚餐,某人侃侃而谈,正在扯一个十分喜闻乐见的段子:装逼听李志,装小清新听陈绮贞,只有当你一个人偷偷拿起耳机听凤凰传奇的时候,那才是真正的你。段子言罢,满座哄堂大笑,然后纷纷怒斥编段子的人是个傻逼,一介匹夫,自己低俗不堪,怎知我一干文青丰富而雍容的内心世界?

而他刹那间就蹙紧了双眉,那一瞬间他几乎就想杀人灭口:QNMLGB,都给我他妈滚开……不过他最终只是温文尔雅地一笑:"兄弟,乡村摇滚什么的,倒还真是高深莫测呢。"

于是在场诸人又纷纷莞尔。

不过一个这样的周末还不足以概括他的生活状态,而一个工作日的深夜才更能勾勒出他整个精神世界的轮廓。当那些琐碎而凌乱的工作结束,他会泡上一杯斯里兰卡红茶,然后躺坐在沙发椅上,在社交网络上大杀四方。

譬如说豆瓣,这是他认识风雅之士的好地方。那么多有志青年云集于此,是喝酒闲聊约炮的绝佳圣地。那些个志同道合的人物,无论男女老幼,富帅或者穷逼,十之四五倒是在此处相识的,而每次会面,那些个青年们,都会惊叹于他那卓越的审美和高雅的谈吐。

再譬如说人人,却是他杀人如麻的地界。在人人网这类三教九流蟹脚横行的地方,他鼻孔朝天,大放厥词,批驳周遭那些普通或者2B青年们那些俗不可耐的嗜好。譬方说,有一不足二十周岁的毛头小子是林肯公园的脑残粉,自己终日被他发图刷屏,于是特撰一千字宏文,痛斥林肯公园的2B属性;至于那些哈韩哈日的九零后女孩,他则截图状态或者日志却不发一语,最后将之放在一个命名为"脑残逼"的相册里。

他不否认这种美妙的优越感,那种出自灵魂的快乐,某种程度上比他从一具美丽的身体上所获得的愉悦要更为持久而深切,并且拥有着一种异乎寻常的崇高——在精神领域上,他占据着无上的制高点,睥睨天下,傲视群雄。

简而言之,站在别人的肩膀上,感觉总是良好的。

当然也有人试图站在他的肩膀上,就比如他所钟爱的黑金摇滚,就一度被一干巴赫的粉丝视之为噪音垃圾。为此他怒发一万字长文,每天晚上与人通宵论战,最终以一腔热血、满腹经纶将一干毛头小伙喷得体无完肤、俯首称臣,从此,倒是再没有人敢胆大妄为,妄图站在他的肩膀之上了。

但不测的是,他这崇高而光明的日子,却在一个月黑风高的约炮吉日给打破了。

那天完事儿之后,他目送着高潮后的姑娘沉沉睡去,然后缓缓松脱了拥抱着姑娘的手,点上一支烟,默默地插上了 TOUCH 的耳机,耳边响起了熟悉的旋律,却是那最喜闻乐见的歌声:

苍茫的天涯是我的爱,绵绵的青山脚下花正开……

他是一个迟泻患者,却也因战斗力持久而闻名遐迩于各炮圈。他能将女性送上极乐的巅峰,但对自己的身体却无能为力,直到很偶然地,他正在快捷酒店里趴在一洁白躯体上挥汗如雨,路边突然传来了响彻三条大马路的街头卖牒的音箱里的歌声,正是那十分爽朗的神曲:

我在遥望,月亮之上……

一时间精关大开,泄得一塌糊涂。

从此他习惯了在做爱后听凤凰传奇,回味着之前翻云覆雨的余韵,最是销魂蚀骨、心醉神迷。而每次射精之后,他所感受到的却不是高潮后的空虚,而是一种无限的惶惑和惊恐——

那种感觉,就像刚刚会自慰的少年在行事之后所留下的无限自责和悔恨。

不过今天他遇见的姑娘,却是那全身躯壳十分敏感的一位,她在睡梦中隐隐觉得一只拥抱着她的手臂与她渐行渐远,而当她缓缓醒来的时候,却隐约听到了《最炫民族风》的声音,那声音发自身边男人的耳机,正是男主唱的RAP:

我听见你心中那动人的天籁,就忽如一夜春风袭来满面桃花开……

然后他听见了身边男人的呻吟,还有他抽纸巾的声音,女人在那一刻怒不可遏,却是引而不发,男人响起了鼾声,她却一眼瞪到天明。

第二天,豆瓣上出现了神贴,于他而言,正是如晴空霹雳、五雷轰顶:

我就自爆吧,昨天和我做爱的男人,最后根本就没有射,当然这其实不是问题,问题是,完事儿之后他听着《最炫民族风》结果就射了。

那天他的豆瓣被各种流言刷爆,人人主页围观者纷至沓来,他被人斥为傻逼,或者阳痿,不过这都不是最重要的,他那些文采斐然的乐评,下面集结了那些曾被他踩在脚下的人,在兴高采烈的嘴炮过后留下的斑斑点点的口水。

泪水洒在了键盘上,顺着缝隙滑入了笔记本,他怒吼着将音箱调大声,震耳欲聋的是李志嘶哑的鸣唱,伴随着不轻不重的民谣配乐,他上下撸动的手几乎要把自己的表皮磨破,久攻不下的焦虑感抽出了他的右手,然后将鼠标狠狠砸在了地上——

滑轮一滚,左键磕在地面,音箱里声音骤变:

药，药，切克闹……

双膝一软，髌骨沉重地砸在地板上，传来了令人心碎的闷响，和骨缝里发出沉重嘶鸣。他终于发现，他压在别人肩膀的东西，其实不是一双赤脚，而是一副膝盖，一双膝盖又一双膝盖，一对肩膀又一对肩膀，最终就是整个世界。

他用膝盖压垮了一些人的自负，一些人再用膝盖去压垮另一些人的尊严，芸芸众生，就这么一层一层叠着罗汉。他永远不知道这罗汉究竟能叠到什么高度，也永远不知道，这最下面的一群人，究竟是置身于地狱的第几层。

不过他真的不想知道，因为他遇到了一个令他头疼欲裂的问题——

他的膝盖，现在真的很疼，很疼。

生活就像一盒巧克力

这一切的悲剧，其源头都始于吴请愿的一时手贱。

如果在那一刻，他没有手贱打开快播，或许就会错过在视频搜索界面的《屌丝女士》，就不会心血来潮地点击搜索，然后就能安安静静从上午九点复习到晚上九点，然后安安心心地去睡觉，笃笃定定地去考试。

但是人生没有如果。

事实是，吴请愿一瞥眼看见了《屌丝女士》，心头顿时起了一种同病相怜的感觉，一旦屌丝惺惺相惜的感情出现，顿时激动不能自持，然后果断点击链接搜索，伴随着搜索页面跳出的又一个丰胸广告、劣质网页游戏的宣传 FLASH 和一个治疗早泄欢迎迟泄的网页，吴请愿对着丰胸广告的女模特果断撸了一管，然后噼噼啪啪关掉广告按图索骥，找到了《屌丝女士》第一季第一集的视频播放地址。

这一看就是天昏地暗。

其实吴请愿最初的打算只不过是看一集而已，尝鲜找乐子之余，亦能沾沾屌丝女士的喜气，以长近日捉襟见肘的考运。但是谁料这一看就欲罢不能，吴请愿乐不可支，无法自拔，一集又一集，永无止境。岁月如梭，乌飞兔走，从第一季看到第 X 季，两客外卖解决吃饭问题，从早到晚十多个小时，沉沦在屌丝女士咸湿的动作和表情中。

这是悲剧的开端。

当吴请愿发现时间已经逼近二十三点，这时候才头大如斗，恍惚间觉得自己成了十三点。明天上午十点考试，而对于手头的这门水文学，自己一无所知，屁都不知道一个，从某种意义上说，自己对于水文学的了解程度，和寝室楼阿姨决无二致。

吴请愿本来是十分淡定的。在水文学考试前两周，他通过自己的重重人脉，拿到了一份葵花宝典式的武功秘籍。这是地理系概不外传的宝贝，自古都是学长传给学妹，学妹秘而不宣，但难免有母爱爆棚的女性传给其的学弟，于是学长再传给学妹……如此循环，秘籍始终被少数人所垄断，但饶是如此，依旧被诡谲狡诈的吴请愿所截获。

到底是如何截获的，其情节不便细缕，总而言之吴请愿拿到了这份秘籍，据说只要背熟秘籍，水文九十分绰绰有余，背个大意，拿七八十分也毫无压力。吴请愿对此说深信不疑，因为这是有科学依据的：教水文的大爷顽固不化，十多年的考题出下来，兜兜转转就是那么几个知识点，终被某猥琐学霸摸透规律，修秘籍一册为泡妞所用，最终此秘籍流传于坊间，虽然是以这么一种异性单传的猥琐方式。

吴请愿收到秘籍的当夜，曾问秘籍主人东方阁主，看这秘籍区区五张，何时开背才是明智之举？阁主讳莫若深，良久才予答复：考前一天即可，这玩意儿拼的是瞬时记忆；如果你现在开背亦无妨，或许能记得比较长久，可是考都考完了，记着这鸡巴玩意儿又有何用？

如同当头棒喝，醍醐灌顶，吴请愿频频称是，一揖到底。从某种意义上说，这句话比秘籍本身还要金贵，如刀枪剑戟 AK47，至少有百分之五十以上的科目集体中枪，上至北大清华，下至北大青鸟，纷纷躺倒，毫无商量余地。

但现在的问题是，吴请愿看了一天的《屌丝女士》，加上懊恼沮丧、蹬腿掀桌的光景，时辰已过零点，离明天的考试只剩下不足十个小时。吴请愿痛定思痛，决定通宵复习，背它个八九个小时，差不多也能拿下了。

可是吴请愿不争气地睡着了。

据说午夜两点是一个临界点，过了这个点，困意自会渐渐消失，而后精神亢奋，精力充沛，就是躺着睡了也极易失眠，这种回光返照的状态可以持续到白天，究竟能到几时，自然也是因人而异。吴请愿背了一个多小时书，肚子奇饿，到楼底自动售货机买了一包方便面，开水一烫吸溜入口，珍馐下肚，血液集中肠胃，大脑供血不足，可怜他最终没能熬到两点这一关键时刻，于一点五十分沉沉睡去。

这一睡就睡到了天荒地老。

当吴请愿醒来的时候，身下的秘籍已被他淋漓的口水浸得湿透，双臂麻木到毫无知觉，有那么一刹那，吴请愿以为自己在梦中惨遭截肢。吴请愿左右看了一眼，庆幸双臂尚在，但是下一秒后，顿时六神无主。

此刻天已大亮，寝室里只剩他一人。

吴请愿再看一眼手机，憋了一晚上的尿差点就要迸射在裤裆里，现在九点一刻，离考试已不足四十五分钟。

眼下情状已如燎原之火，片刻间烧至眉毛。吴请愿深吸一口气，冲到盥洗室朝自己脸上甩了一把冷水，虎躯一震，灵魂出窍，顿时清醒得无以复加——

自己一无一目十行之能，二无千里透视之功，除了祈祷，似乎也就剩下坐以待毙的份了。

但是吴请愿毕竟非同常人。他双掌合十，运气吐纳，气流自丹田上行，贯通全身十处大穴，最后从百会涌出，再按原路径重回丹田，如此循环往复，生生不息，混沌的心智终于开窍，智商瞬间暴涨至二百五，于是乎天下无敌——

将秘籍微缩复印，收入口袋，从容不迫带入考场。考试时以如厕为由，一进隔间立马将门反锁，秘籍在手，天下我有，五分钟出来，一道简答题已经拿下。当然一道简答题是远远不够的，所以必须故伎重演，而再次举手示意还欲出恭的时候，考官必然不准，这时便祭出杀招，声称自己不幸腹泻——只要功夫深，假戏就成真，加上自己一夜枕臂而眠，眼圈发黑，脸色蜡黄，过考官这一关易如反掌，如是者反复多次，文字题拿下若干，选择题再与邻座互通有无，及格不成问题。

主意已定，云淡风轻，心情大好，出去走走，吴请愿收拾东西出门，骑车直奔打印店而去。打印店的大叔在小小斗室内来去如风，闻听吴请愿的来意，立刻露出奸诈笑容：

"几千年了作弊还是这点套路……小伙子啊，办事儿利索点，你没监考过，其实从讲台上往下看，一清二……"

"我没监考过，那你监考过……"

大叔语塞："册那，好心当成驴肝肺……"

缩印完毕，日上三竿，离那碗泡面已有四五个时辰，吴请愿饥肠辘辘，眼看离开考尚有半个小时，于是移步到打印店对面的食堂去吃早餐。现在九点半的光景，早饭铺子早已打烊，只剩下手抓饼的摊位依旧热气腾腾。吴请愿犹豫再三，抵不过腹中饥饿，气势汹汹排出三枚大洋，三分钟后接过原味光饼一枚，入手奇烫无比，吴请愿手腕一抖，差点没将整个面饼掀在地上。

吴请愿右手握把,左手捏着迟来的早餐,老爷车骑得飞快,此刻的他宛若追风的少年,一路意气风发。吴请愿来到考场,好友王若需已为吴请愿占了一座,位置与己毗邻,说是毗邻,中间其实还隔着一个空位,这是考场以防作弊而不成文的规矩。王若需当然不可能主动乐于助人,他占座之义举其实拜吴请愿所赐:吴请愿在等待缩印的当口给王若需打电话,跟他商量了一下选择题作弊的门道,而占座乃计划的第一步棋。

九点五十分的时候,白发苍苍的水文学教授信步而来;九点五十八分的时候,教授的助教匆匆赶到。这一老一少,老的呆板,少的畏缩,吴请愿心中暗喜,这回是吃定了。

答案是要求写在答题纸上的,当然亦不乏有谨慎之人,将选择题答案先行写在试卷或者草稿纸上,于是这就给吴请愿提供了演戏的空间。吴请愿俯案沉思,眼神极为专注,胡乱猜测的 ABCD 在试卷上写得力透纸背,无聊地消磨着等待答案的时间。

在监考的眼中,这自然又是另一番光景:此生面呈菜色,额上微有汗迹,水笔顿挫之际,似能力劈华山,可见其一丝不苟、兢兢业业。水文老头在考场兜兜转转,不意便转到了吴请愿的桌前,吴请愿自知卷上答案离谱,于是倏地前倾,俯仰之间,上身覆盖了大半张试卷,而苦于老头眼力不济,堪堪只能看到一题答案——

此题题号 8,位于十五道选择的正中位置,却是老头苦心孤诣安排的杀招。此题其实是十五道选择题中难度最大的一道,陷阱重重,杀机四伏,却故意放在中间位置,其目的就是妄图诸生在此卡死,不可谓不阴损。

但是吴请愿居然写对了。

如同虚竹解开珍珑棋局一般,吴请愿胡乱猜测,误打误撞,一个大写 C 如圆月弯刀,横刀立马于括号之中。老头抚摸谢顶,眼神中流露出宽慰之色,这是一个多么好学的少年,只有如此,才能拨开层层雾霭,直击问题本质,最终解出这一旷世难题。

于是无形之中,吴请愿在老头心目中的形象顿时变得光芒万丈。

两位监考在课桌椅间穿梭来去,久而久之不免累了,一前一后捡了椅子坐下,离吴请愿和王若需分别有四张和五张课桌的距离。王若需选择题完工,在计算器上敲敲打打,几分钟后压低嗓门,发出数声嘿咻嘿咻的靡靡之音。吴请愿侧耳已久,听闻信号,心领神会,举手向监考示意:

"老师,我计算器没带……能不能借一下……"

试卷中有一处要用到计算器,那就是紧跟十五道选择题的地表径流量计算,王若需此刻"嘿咻",时机恰到好处。老头对吴请愿印象大好,毫无斥责即点头表示默许,吴请愿继续演戏,转头茫然四顾,苦逼呵呵地轻唤王若需,向他伸出粗糙的右爪。

王若需亦是影帝,阖上盒盖,捏住机身,手臂半伸不伸,一幅欲借还休的不忍之状。老头看王若需意不甚坚,右手遥遥一指,精准定位坐在吴请愿另一侧的女生——此女被吴请愿打扰,此刻正在东张西望。

"那位同学好像不大肯借,你能不能……"

王若需不料老头竟有此义举,眼看假戏就要真做,情急之下面部痉挛,现出一幅无比尴尬的模样,同时胳膊一哆嗦,计算器倏地甩出,在桌面上滑行一段距离,准确无误地莅临吴请愿的桌面。吴请愿接过计算器,扯开覆盖屏幕的塑料外壳,然后满屏的"＋＝@♯"映入眼帘——

吴请愿与王若需有约在先，"＋＝＠＃"分别表示"ABCD"，外人触目之下，其情状如同密码，即使被考官抓获，料其智商，亦不足为虑。

吴请愿佯装摁了几下计算器，然后取过草稿纸，将符号誊抄在稿纸上，考官遥遥视之，以为他在演算，于是丝毫不起疑心。完工后吴请愿将计算器物归原主，藏头缩颈，动作谨小慎微，王若需接过计算器，白了吴请愿一眼，然后伏案继续奋笔疾书。

两人的一举一动均尽收老头眼底，老头微微一笑，心中所想甚是幽默：哎，这帮傻孩子……

趁着前后监考开小差的空当，吴请愿将密码极速译成答案填在答题纸上，舒一口长气，摩拳擦掌准备策划腹泻的阴谋。他先通览试卷，四道简答两道综述，六道文字题覆盖四大知识点，默记一分钟后心中有谱。一切就绪，只欠东风，吴请愿在稿纸上奋笔疾书，随性写几句前言不搭后语的废话，用这样的方式熬过五分钟，以缓冲之前借计算器所引发的波澜，然后捂住肚子，开始践行他不拘一格的装逼之道。

随着吴请愿自摸的左手，他的整张脸也同步着不自然地抽搐，执笔的右手颤颤巍巍，手中的水笔摇摇欲坠。坐镇前排的少女助教显然发现了吴请愿的异动，而后排的老头也看出了他的反常，如此状态僵持了大约有三分钟有余，吴请愿颤抖地伸出右手，两名监考几乎同时拽开脚步，向着吴请愿疾行而来。

吴请愿发出呻吟："老师，我要去上……厕……所……憋不……住……"

老头看这架势，似是时刻都会拉个黄金满溢，遂不敢怠慢，即可放行。吴请愿大喜过望，顶着一张苦逼脸直奔厕所，冲刺，转弯，变相,急停,拉门上锁,摸出微缩秘籍,双目如电,心平如镜,脑力翻番不知凡几。吴请愿掐准时间,七分钟大限一过,出隔间之前在龙头下湿润双手,这自然是伪装便后洗手之举。

两位考官丝毫不怀疑吴请愿如厕的真实性,他回来的时候满头大汗,脸上油光水滑,可以想见其出恭时奋力拼搏的情状。当然他们不会知道,这星星点点的汗珠,一来是厕所太过闷热所致,二来则是吴请愿在洗手之后还化了化妆——他在自己的脸上抹了点自来水。

吴请愿回到考场,拿起试卷凝视三秒后提笔开始暴走。事实上吴请愿比自己想象中要聪明得多,七分钟的时间,大致记明白了三道简答,此刻他倚马千言,下笔如有神助。只要吴请愿再去一次厕所,至少能搞定一道简答加一道综述,再加上前面的选择题,及格已经绰绰有余了。

大局已定。

十分钟后,吴请愿再次举手,老头甩手示意助教莫动,自己弯着脊背趋前慰问。吴请愿看老头前来,遂放下所举之手,双手抱腹,浓眉微蹙,顿时有了西施捧胸的神韵——虽然吴请愿捧的是肚脐,不过其实是一个意思。

吴请愿一开口,老头便即心慈手软:

"老师,学校的煎饼摊不干净,早上吃坏了肚子……"

老头准予放行,口中声称下不为例。吴请愿冲出考场,转弯的同时探手入怀,到厕所门口的时候秘籍已在掌中。眼下只争朝夕,吴请愿打定主意,这次"蹲"它个十分钟,搞定剩余的所有文字题,保六没有出息,冲八才是梦想。

但谁料一语成谶。

吴请愿甫一关门,肠胃突然一阵绞痛,紧接着肚子叽里咕噜发出滔天怒吼,身体下三路猛地一松,眼看就要开闸泄洪。吴请愿脑袋嗡地一炸,耳鸣啾啾,双目翻白,收起秘籍脱裤下蹲,三十秒后黄白之物流出体外,吴请愿指着自己的小腹喘了一口大气:你若安好,便是晴天……

但是吴请愿毕竟是低估学校食堂手抓饼的造化了。

如果不算上今天这枚光饼,他在那个铺子曾经吃过四次,第三次的时候也出现过轻微腹泻症状,但其余三次都没有问题。所以当吴请愿饥肠辘辘地站在铺子前的时候曾有过短暂犹豫,毕竟之前有过心理阴影,不过想到不过四分之一的概率,再者铺子香飘四溢实在太过诱人,于是踌躇再三,还是花钱买了。

但是现在这枚要命的煎饼就给他颜色看了。现在想来,自己趴在桌子上睡了一宿,精神不振,血脉积淤,脾湿肾虚,肠胃阻滞,这一枚本来或许无害的煎饼,于是便有了搅屎棍的本事。

其实整个过程的持续时间并不长,也不过区区五分钟而已,但势头凶猛异常,像是被下了一剂强力泻药,或是被肥皂水灌肠一般。这五分钟里吴请愿只觉天旋地转,双目金星直冒,抬眼不能视物,整个人像是被抽干了骨髓,只剩下一堆干巴巴的经络,重复着一次又一次痛苦而激烈的出恭过程。

眼下,终于尘埃落定。

吴请愿大功告成,抽身欲起,然后他突然发现了一个严重的问题:

尼玛,纸在哪里?

自己去厕所只是为了演戏,身边并没有携带手纸,眼下这满屁股的污秽叫他情何以堪?难道就这么蹲着,等到水文老头来男厕找他，自己娇羞万状地向他求纸，然后这破事儿传得满城风雨、全院皆知？如果是这样，吴请愿觉得自己都没脸在这个城市活下去了。

时间一分一秒地流逝，吴请愿感受得到屁股上的污渍正在干结，他苦思冥想，直至脑际闪过霹雳，电光火石间茅塞顿开——

自己的身上其实是有纸的，就是那一叠微缩秘籍，这几张铅字密布的纸片，正是救亡图存的关键所在！

但是倘若他要将纸片作用于自己的屁股，他就没有机会再凝神细看那叠秘籍了——抬腕看表，距他进隔间已经过去了八分钟。监考敲门催促乃至于破门而入已然是分分钟的事情。吴请愿捏着他的救命稻草，眼神空洞而迷茫，脑海波涛汹涌，一时间思绪澎湃——

生命就像一盒巧克力，你永远不知道下一块是什么。

他奶奶的，原来如此。

倒

钩

他是一个倒钩。

每年都会有围棋升段赛和升级赛,这时候是一些大人赚外快的机会。这些大人棋力不俗,报名参赛后过关斩将,一路杀至决定升级升段成功与否的关键轮次。参赛者大多是对于级位段位有迫切需求的少年儿童,于是这些大人就故意放水,当然代价是一笔不菲的酬金。

所谓愿者上钩。

望子成龙的家长一般不会放弃这样的快捷方式,他们宁愿出血。倘若有家长不愿意配合,那么倒钩们就会执行他们的原则——下手绝不会容情。

倒钩的实力有目共睹。所以挑战倒钩的孩子,应该不会太多。

但是现在就有一个。

男孩一对漆黑的眸子紧紧盯着他,瞳孔在瞬间绽放出冰冷的仇恨。

"我要报仇。"

他当倒钩已有三年,每次都能有不菲的收入。比赛的等级越高,酬金自然越多,像四段冲五段的高段位比赛,每一次都有千元进账。

为时两个周末的升段赛,一天入手二百五,何乐而不为。

七局五胜才能成功升段。现在是决定升段成败与否的最后一局,当然是对他对面的孩子而言。

他即将放出倒钩。

对面的男孩眼睛很大，小脸又胖又圆，脸颊或许是因为紧张而胀得通红，一只小手抓起一把白子放在棋盘上。他凝视着面前这个可爱的孩子，然后俯身凑向这张胖胖的圆脸——

"小朋友，到楼下问问你的爸爸妈妈。如果他们肯出一千块钱，那么我现在就认输。"

"我要报仇。"

他"扑哧"一声笑了出来："哈，报仇!? 我又不认识你。"

"你不会忘记上一盘你赢了的那个小孩吧？他叫吴轩。"

工作繁忙，他的棋力难免生疏。三年之前，大学毕业，他初为倒钩，四段升五段的比赛，他势如破竹连赢四盘。

但是如今的他已今非昔比。现在他已经输了两盘，第六盘成了生死战，谁输谁滚蛋。

滚蛋……自己真滚蛋的话，一切就付之东流了……想到这里，他不禁长叹一口气。自己的月收入才一千块出头，生活实在捉襟见肘，当一个倒钩，其实也颇有逼上梁山的味道。

第六局的对手是一个不苟言笑的男孩，很瘦，尖下巴，肤色很黑，名字叫吴轩——名字是他在楼下大厅对战表上看到的。

吴轩面部表情严肃而庄重，低着头紧紧地盯着空无一物的棋盘。

异乎寻常的镇定，他心想。此时此刻，他的黑子离棋盘不足一寸。

但是他突然将那粒棋子收回棋罐。他的身子舒展地靠向椅背，然后缓缓合上了眼睛，棋盘上依旧空空如也。

他要打碎这种镇定。

　　他没有说话，默默地从棋盒里掏出两粒黑子，示意猜双。男孩
摊开捏紧的拳头，手掌里滑落出七颗白子，单数，猜错，于是他后手
执白。

　　"你怎么认出的我？"

　　"我认识吴轩，他和我在一个围棋班学的棋。你和吴轩下棋的
时候，我就坐在距离你们两张桌子的地方。我进教室的时候和吴
轩打了个招呼，顺便就看到了他的对手，当时教室里就你一个大
人，我当然记得住。"

　　他抬起头问他："你几岁开始学的棋？"

　　"四岁。"

　　"真早。"

　　男孩不再答话，伸手入盒，摸出一粒黑子，"啪"的一声重重地
打在棋盘正中处——

　　天元，19×19棋盘的正中心。

　　他的脸色骤变。

　　围棋正常的开局，是双方都在边角处抢占疆土，绝对没有把棋
子扔在棋盘中央的道理。

　　不过他很清楚这是有例外的。现在的场面，就是他所知的其
中一个例外——

　　面前的男孩轻哼了一声，眼神中透出深深的鄙夷。

　　"哼，没什么好大惊小怪的。我照样能赢你！"

　　这两分钟里，他一直在闭目养神。

他可以选择此刻就放出倒钩,但是才下到倒数第二盘,他能获得的报酬不会超过500块。他咬了咬牙,宁愿接受风险,也要让利益最大化。

心意已决,他缓缓睁开眼。

这个孩子现在正满脸困惑地东张西望,眼睛不时地撇向邻近的棋盘。身旁的一对孩子落子如飞,棋子已遍撒了棋盘的边边角角。

反观自己的棋盘,却一直空空荡荡。

吴轩焦急地站了起来,然后手伸向对面这个大人的肩膀,试图把这人给拍醒。

他睁开眼睛,抬眼竟然是一只黑瘦的小手,和因为突然被吓到而惊慌失措的脸庞。

他拈其一颗黑子,轻轻地把它放在棋盘的正中——

天元。

"你算是让我一步棋咯? 谢谢。"他冲着那个孩子笑笑。放着膏腴之地不占,把第一步棋毫无道理地飘在空中,这是对自己能够赢棋的自信,也是对于对手的一种侮辱。

"小朋友,你可以在任何时候下楼找你爸妈取钱,就算那时候裁判已经判你输了,我也可以放弃胜利,你同样可以升段的。"

男孩一声不吭,只是对着他怒目而视。

"小朋友,你叫什么名字? 我在对战表上看到你姓刘……"

"刘一。"

"哦,刘一。我或许是赢了你朋友一盘棋,然后把他给淘汰了——"说完他把一颗白子放在了棋盘的右下角,"但是下棋有输有赢,这是再正常不过的事情啊。自己实力还不够强嘛,换个人上去照样能赢他。所以你要报的'仇',没你想象中那么重要……"

男孩没有回答,低下脑袋紧紧盯着棋盘。

他苦笑着摇摇头,食中两指拈起一颗白子在手里把玩。他的开局力图求稳,疏于下棋的自己计算力正在退化,他要尽量避免那种大杀特杀的乱战之局。

局面如他所期待的那样平静。

他却脸色微变。

此时他才明白,男孩那一着石破天惊的"天元",其实属于另一种例外。

围棋棋盘是一个上下左右对称的正方形。每一处落子,除了天元——棋盘最中央的那个点之外,都能在其对面找到一个以天元为中心的对称点。

现在他的第一手放在天元。白棋下在哪里,他就执黑在对称处落子。

模仿棋。

细密的汗珠从吴轩的额头渗出,他从未见过如此吊诡的局面——黑白棋子在棋盘边角处盘桓而上,上下左右形成完全对称的格局,托举着正中央那颗凌空而悬的黑子!

吴轩的镇定已被彻底打碎,他焦虑地东张西望,原本谨慎沉着的他落子速度明显加快,好像在试图摆脱这种对称的梦魇。

想什么就来什么。当吴轩这样想的时候,梦魇很快就被击碎。

黑棋的落子并没有和先前的白子对称。

至此,模仿结束。

至此，模仿结束。

黑棋的落子并没有和先前的白子对称。

所谓模仿棋，并非一路模仿到终局，而是要在模仿的过程中寻觅到对方的恶手，然后果断变招，遏其要塞。

他脸色微变。

这颗黑子戳在白棋的命门，外强中干的白势顿时如鲠在喉。

男孩突然仰头发话了："你为了赚黑心钱，赢了他，然后就把他的出路活生生给逼死了。"

他眯起了眼睛："何以见得？"

"我讲给你听。"

升段赛的地点位于一所高中，一幢教学楼的大小教室被安排为赛场。吴轩清楚地记得，当他凝视着这栋红棕色大教学楼的时候，他口中喃喃地吐出了两个字："赌场。"

赌场。这里每一局棋的胜负，将会是他豪赌前程的砝码。

他的父母是城市工薪阶层，收入微薄，靠着接近最低工资标准的微薄薪水养家糊口。就是这样一个家庭，为了一个望子成龙的梦想，毅然决然地将孩子送入职业棋手的培养轨道。

这对于一个身处于物价疯狂飙升的大城市、年收入不超过三万的家庭而言，学费开支是一个极为庞大的数目。

吴轩就这样承载着一代甚至数代人的梦想。他觉得皮肤下有无数双眼睛在死盯着自己，用利刃般的目光撕裂开自己的童年。

要成为职业棋手，必须要成功跳过一个龙门——一年一度的围棋职业升段赛。众多无职业段位的棋童为了一个职业初段煞费苦心，而对吴轩而言，在这个龙门之前还有一个坎。

他必须晋升到业余五段，才有资格受训于名师门下。能够受训于名师门下，才有可能修炼到跳过龙门的水平。

要请得动名师，业余五段是最基本的条件，而学费自然不菲。囊中羞涩的吴轩父母寻找了整整半个月，终于锁定了远在北京的一个业余高手，据说教学水平不错——但是最关键的一点是，此人收取的学费在吴轩父母可承受的范围之内。

但是除了业余五段之外，他还有一个要求：来学棋的孩子，必须在11岁之前拿到业余五段证书——超过11岁的孩子则视为没有天赋的大龄少年，他断然不收。

今天11月11日，正是吴轩的11岁生日。

要等到下一次升段赛，或许就是明年的5月底了。

其实真的等到明年5月底也并非死路一条。他们可以去找其他的老师，甚至是比那个业余高手还要优秀的职业棋手。

不过这样学费会比原来贵很多，而吴轩的家里很穷。

现在坐在自己对面的这个大人，突然将绵延不绝的模仿生生掐断。吴轩感觉一阵放松，那种无休无止如噩梦般的模仿终于结束了。

但是放松的感觉转瞬即逝。

吴轩拾起一颗冰凉的白子，把它轻轻地贴在耳垂上——他觉得自己整张脸的皮肤，此时此刻，烫如炭火。

"说完了？"

"嗯。"

"我用模仿棋赢他，所以你要用模仿棋赢我？这是……报仇？"

男孩抿紧双唇，脸上露出了轻蔑的笑容。

一瞬间他感到心乱如麻,并不仅仅是为了这突如其来的变招。他起身出门,左拐走进厕所,然后很快点了一根烟。

一种轻微的麻痹感顿时流遍全身。

瞎扯,纯粹幼稚的孩子逻辑。胜败乃兵家常事,谁会去为那个输棋的人买单——难道是那个赢棋的人?

这个孩子的遭遇的确惹人同情,可是这并不意味着每一个在比赛中赢过他的人,就犯了什么严重的过失甚至罪行。

这个逻辑在他的大脑里不断地循环,逐渐流向他的四肢百骸。他做了一个深呼吸,然后把剩余的半截烟扔在地上,黑色的皮鞋碾过零星的火星。

心灵的枷锁已经去掉。更令他欣喜的是,破解黑棋变招的灵感不请自来。他的步子很轻快,绕过长长的廊道,前脚刚刚跨过教室的门槛。

此时此刻,楼底传来一声巨响。

吴轩知道,自己输不起。

无数回忆涌入脑海,他只能任凭自己在记忆的海水中随波逐流。他记得自己幼儿园时打比赛,因为有睡午觉的习惯,所以一到中午就会犯困;那时候父亲把自己抱起来横放在膝盖上,他就这样枕着父亲的手臂,安静地休息一个钟头。

他同样记得,那时候比赛的规章制度对家长还睁眼闭眼,每次下棋的时候父亲就会踮起脚尖站在教室的窗户外看着自己;当自己东张西望、落子如飞最终大败而归,父亲一掌掴在他的脸上,一个硕大的掌印清晰鲜明。

每一次去围棋班交学费,吴轩都倍感煎熬。那一张张鲜红的百元大钞叠得整整齐齐塞进信封，吴轩掂得出信封的分量。当负责招生的老头一边舔着手指一边数钱，吴轩厌恶地别过头去，看着父亲呆呆地注视着覆水难收的血汗。

没有退路！

没有退路！！

没有退路！！！

这四个字在吴轩的鼓膜上咆哮，震耳欲聋。

所以吴轩的这步棋想了很久很久。

但有时候，长考出臭棋。

吴轩长时间的犹豫不决，催生了直接使局面一边倒的恶手。

欲战而思求和，欲杀而求图存，落子之处，尴尬之极。

而坐在吴轩对面的他此刻不由得露出了微笑。对面的小选手显然已经失去了原本异乎同龄人的镇定，但是更出乎他意料的，是预料中的崩盘，比他想象的要来得快。

大教学楼的主楼梯内嵌于教学楼内部。进门后笔直向前走进大厅，再沿着大厅内环形的楼梯上楼。从楼上的走廊向下俯瞰，能看到在大厅里焦急等待的大人。

响声过后，喧嚣的底楼大厅刹那间鸦雀无声，然后在下一秒人群开始沸腾，阵阵尖叫破空而出。

他两三步跑到栏杆旁，俯身往大厅看，然后眼前一黑。他身子晃了晃，用力抓住金属栏杆才总算把身体稳住。

一个孩子四脚朝天躺在大厅的地板上，身下的地面洇出暗红的鲜血。

他隔着黑框眼镜的眼睛看得清清楚楚——

那张脸如此熟悉。

正是上一盘他赢了的小孩。

脆败。

吴轩输得干净利落,对手连搅局的机会都没有留给他。

现在他有两个选择。抓起一把子洒在棋盘上痛痛快快地认输,或者例行公事将棋盘铺满。

吴轩选择了后者。他要拖很长时间才会落子,即便胜负已经没有悬念。他在想象父母见到他之后的反应,冲动的父亲也许会立刻抽自己一巴掌,母亲或许会站在那儿不停地碎碎念。

但是他的脑海中闪过另一幅画面:

他低着头轻声地说:爸妈,我输了。

三个人愣在原地,一时间像三尊雕塑。

过了半晌父亲才回过神来:输了? 输了。哦,好,回家吧。

……

他低着头装作在思考,泪水已经充盈他的双目。整个房间里只剩下寥寥数人,当裁判走到他们身边的时候,吴轩听到了一声轻微的叹息。

局终。

吴轩彷徨在走廊上,却迟迟没有下楼。

当他再次来到教室门口,一个刚才出去上厕所的小孩跌跌撞撞地冲进来,一边跑一边大声叫嚷:"有人跳楼了! 有人跳楼了!"

整个房间顿时一片哗然,小孩子叽叽喳喳的声音此起彼伏。

刘一突然起身冲出教室,裁判反应不及,一时间没有把他截住。刘一将头伸出走廊的栏杆，横躺在地上的吴轩映入眼帘。

刘一是被一个五大三粗的裁判拽回教室的。

站在门口的裁判摁着刘一的肩膀，然后用左脚踹了一下教室门。随着门"砰"地一声关上，他开始大声嚷嚷：

"所有人都不许动！现在还在比赛，谁乱动我直接判他输！"

"我说到做到，都给我回去！回去！听到没……"

……

房间里还有吵闹的声音，不过喧闹声很快就小了下去。刘一这时已经回到座位，脸色苍白，面无人色。

"怎么会这样……怎么这样……我……"

刘一眼神涣散，兀自喃喃自语，过了半晌，突然用食指指着他："不对！是你把他给害死的！归根到底是你为了挣黑心钱，把他活生生逼死的！"

他不敢直视那对愤怒的眼睛。他靠在椅背上，食指和中指猛掐着自己的太阳穴。

过了十分钟之久，他把棋子轻轻地放在棋盘上，那是他抽烟时突如其来的神来之笔。

吴轩实在没有胆量去见父母。

他悄悄地把头探出栏杆外，就这半秒钟的工夫，他看到了父亲的脸。他赶紧把头缩了回去，他不确定父亲是不是看到了他。

他半蹲着靠在墙壁上，手扶着膝盖喘着粗气。像一个拿着成绩单在街头孤独游荡的小孩，他彷徨无措地拖延着末日到来的时间。

最后一对小棋手从教室里走出来，他的心猛然被揪起。他侧头瞥了楼下一眼,看到坐着的父母犹豫着起身,脸上写满了疑惑和焦急。

在裁判收拾东西从教室里走出来的前一秒,吴轩闪身进了四楼的厕所。

漏算!

刘一紧蹙眉头,白一子如神兵天降,不可思议地封死了自己之前计算好的所有退路!

此役过后,白棋几乎奠定胜局。

他不得不佩服对面这个小孩的顽强。劣势下的黑棋只能四处求战,而优势的他则力求免战。他知道自己算路不深,一旦全盘皆兵,即便之前积攒下了巨大的优势,也会因为一处误算而葬送殆尽。

已经身不由己。一味求和招致黑棋更为疯狂的反扑,支离破碎的黑子支撑起了一片横贯中原的战场,导火索在四面八方被悉数引燃。

一时间头痛欲裂。

他突然抓住对面那个小孩的肩膀,掐着嗓子厉声喝问:"他怎么可能出现在走廊上? 他爸妈没接他回去么!?"

刘一一拳捶在桌子上。

"他一直躲在厕所里哭,没有出来。"

刘一站在大厅的楼梯口,决定自己能否升段的最后一局将在半小时后开赛。

早早地来到赛场,教室里已经坐了不少人,时间还早,他去厕所解决掉自己的后顾之忧。

当他解裤子的时候，他听到最后一个蹲位那边传来隐约的抽泣。他有点好奇，于是头压得老低，从门与地板的缝隙里，他清楚地认出了那双鞋。

门是虚掩着的。

迟疑了很久，他咬牙把门往后一拉。

眼前的吴轩哭成了泪人。

刘一是吴轩学棋的同学，他知道吴轩家里窘迫的境况，也很清楚吴轩现在进退两难的处境。他一时之间不知道该说什么，双唇嗫嚅着："你爸爸妈妈……满……满世界……找……找你……"

吴轩没有回答，只是倚靠在墙上泣不成声。刘一拍着吴轩的后背轻声说："明年再来，机会一直有的……明年要么不来，要么就连赢五盘……"

"那个大人……他执黑下模……模仿棋……呜……"

"……"

与此同时，吴轩的家长正在到处找自己的儿子。

他们等了整整三个小时，一直没有等到儿子下楼，心急如焚。寻遍整个大厅没看见人，然后到处找工作人员求助，气喘吁吁跑遍了五层楼，就是没看到儿子的身影。

"这小子肯定输棋了，从后门溜到外面去了！"吴轩的父亲怒气冲冲地奔出学校，在学校周边转了一圈，可是看着眼前熙熙攘攘的人流，又到哪里去找这么一个瘦小的身影？

最后他们还是找到了——那时候，他们的儿子，正从四楼的走廊上一跃而下。

"之后我一直劝他，劝他跟爸妈回去，但他就是不肯。我没想到他会跳楼——事情就是这样，是你逼死了他。"

他茫然地抬起头。

我有错么？

无论为自己辩护的理由在脑海里如何翻来覆去，但是眼下有一个事实无法回避：他为了自己那一点外快，用大人在棋盘上对付孩子的鬼蜮伎俩，活活将一个孩子的退路逼死。

对面的男孩咬紧了下唇，左手搁在桌子上捏成了拳头；他尽最大的努力俯身向前，小脑袋上的板寸像针尖似的正对着他的脸。

棋盘上的棋形在他的脑海里模糊不清。

曾几何时，他也遇到过倒钩。那年他 11 岁，四段升五段。

他还记得那个倒钩的模样，是一个如今回忆起来依然觉得背心发瘆的中年人。那个中年人当时眯起眼睛问他："小朋友，到楼下找你爸爸妈妈，如果他们肯给我六百块钱，那么这盘棋就算你赢。"

那时候物价便宜。他苦笑着想。

小时候的自己鄙夷地瞥了那男人一眼，然后抓起一把黑子捏在手心里："单还是双。"

那人露出了吃惊的表情："小朋友你要想想清楚哦。"

"单还是双。"

"你不如先去……"

"单还是双！"

那人的面色已然铁青。

倒钩的棋力绝非浪得虚名，小小的他拼尽了全力——据他回忆，这是他下过的最认真的一盘棋。

但是那个大人毕竟技高一筹。

赛前父亲对自己说："这次不能升段的话，学棋就到此为止吧，还是读书要紧。"于是当自己执黑填满棋盘上最后一个空格的时候，他知道这将会是自己升段赛的最后一步棋——当然，那时候的他不会预料到，十几年后，他会以一个倒钩的身份出现在赛场。

和他一起参加比赛的有他的一个同窗，当时他们两人是围棋班老师寄予厚望的双星。他的同窗当年也经历了最后决胜局的鏖战，最终胜出荣升业余五段。

颇具讽刺意味的是，这位同窗从此就走上了冲击职业棋坛的道路。他跳过职业初段的龙门，之后厮杀在围甲的赛场，而如今已经成为世界棋坛一颗真正的明星。

他看着眼前这个低着头苦思的孩子。

这种执著，似曾相识。

刘一隐瞒了一部分事实。

当吴轩的父亲站在街角捶胸顿足的时候，吴轩的母亲红着眼睛轻声地拉着自己丈夫的袖子："说不定……他躲在厕所里一直不敢出来……"

"我之前怎么没想到……这浑小子！"

他们检查了每一个隔间。如果门是锁着的，他们就不停地敲门——直到里面如厕的人发出气急败坏的声音。

当父亲骂骂咧咧的声音在四楼过道炸响，吴轩顿时惊慌失措。他一把将刘一拽进隔间，锁上门对着刘一耳语："帮帮我……"

现在刘一面临着一个非常奇怪的抉择。

理智告诉自己，他应该把吴轩交给他的父母。于是他咬了咬牙,捏着门闩准备推门而出。

就在这时候,吴轩一把抓住了他的袖子。

他回头正对着吴轩的脸庞,然后看到了一对婆娑的泪眼。那浸润在双眸里的痛苦和绝望,像一只无形的巨剪,在刹那间剪碎了自己所有的理智。

算是最后帮朋友一把!

刘一对着吴轩做了一个 OK 的手势。

脚步声越来越近,刘一和吴轩不由得屏住呼吸。当吴轩父亲的声音在门口响起的时候,刘一把自己的声音稍微压低那么一点,不至于被吴轩的父母认出——

"里面有人!"

吴轩的父母最终只能颓然下楼。他们不会想到,在那个时刻,自己竟然和儿子只相隔一扇门的距离。

刘一回到教室的时候,比赛已经开始。坐在他对面的,正是那个赢了吴轩的大人。

那个大人的嗓音非常造作,声音入耳,令刘一感觉一阵恶心。

"小朋友,到楼下问一下你的爸爸妈妈。如果他们肯出一千块钱,那我现在就认输。"

"我要报仇。"

刘一的回答掷地有声。

刘一玉石俱焚的拼命招法,终于为黑棋带来了翻盘的可能。

而此时他的脸上,竟然浮现出了难以捉摸的笑意。

他将自己的全力以赴视为对这个孩子最大的尊重。在他内心深处,他希望对面这个孩子能赢——用实力和信念说话,而绝非仰仗倒钩故意为之的放水。

处处隐忍的自己已无退路,他终于祭出了最狠的杀招。于是硝烟弥漫的棋盘中央,再次牵出了黑白两条巨龙,俯视着边角处松垮的黑白城池,如同蛟龙临渊。

经纬纵横的棋盘自成寰宇,时间以落子天元的那一刻为起点向远方延伸。黑白在方寸的时空里浴血而战,吟唱着一曲来自洪荒的壮烈悲歌。

棋子在时空里逐渐凋零的灵魂,或许早已忘却了这亘古的洪荒。他们无法理解时空昔日的尽头,又究竟发生过怎样的悲欢?当这一大一小的身影拾起那一枚枚小小的灵魂,身不由己的它们何曾知道,那在棋盘外洇出的岁月河流,曾经流淌过多少无言的喜怒哀乐。

方寸的宇宙里,紧紧依偎着的黑白棋子在战火里继续缠绵。而在方寸的宇宙外,一个必然的事件发生得如此波澜不惊——

在这个江湖上,终于,又少了一个倒钩。

棋

坟

棋盘是棋子的坟墓。

棋室灯光灼灼，香榧棋盘在白炽灯下色泽凝重。蒋捷凝视着盘上的木纹，十年前棋馆老者的话在耳边响起，心中陡然升起一股怪诞的感觉：

昏黄的棋盘纹理诡异，还真像一具袖珍的棺木。

第二十三届中国名人五番棋决赛的第五局将在河南永城这间三十平米的棋室内进行，坐在蒋捷对面的是九段棋手石锋，之前双方打成二比二平，第五局的输赢将决定名人头衔的归属。永城自古乃汉兴之地，名人战的诸位棋手一律要求身着汉服，蒋捷与石锋皆披赤色汉装，头戴褐底玄顶头冠，衣袖、裤腿、领口、右衽镶有黑底红花，宽袍大袖，飘逸轻盈，两人正襟危坐，尽皆气度超然。

记谱员准备就绪，两人点头致意，比赛正式开始。石锋手执折扇，棱角分明的脸庞不怒自威，蒋捷双手扶膝，注视棋盘的双目锐利如电。

石锋的第一子就在这凝重的氛围中落下。

一颗黑子漂浮在左下角，茕茕孑立，形影相吊，在空旷的棋盘上，如同一个孤独的游子——

一如京飘的蒋捷。

当蒋捷看到父母在一张房产合同上签字，他很清楚，自己的未来，已经成了一条单行道。

蒋捷家的房产已经售出，值钱的家当业已变卖。怀揣"巨款"

的一家三口,将会在流火的七月,踏上通往北京的火车。

他们此行的终点,是全国最好的围棋道场之一,聂卫平围棋道场,简称聂道。

这是一个几乎半封闭式的集训基地,提供食宿,准军事化管理,纪律严苛。指导学员的老师和教练全都由职业棋手构成,并且会有国手定期来访讲棋,师资豪华。在这样的道场学期,学费自然不菲,每月三千,半年一付,如若临时退出,概不退款。

蒋捷在道场的唯一目标,就是尽早在定段赛中脱颖而出,完成从业余五段到职业初段的蜕变。

这是一场从业余到职业的转职之战,是全中国无数围棋少年的龙门。每年能够进入最后决赛的只有四百多人,而定段名额却不超过二十个。这意味着,即使你闯过重重关卡能够挺进决赛,成功率也不到百分之五。而更残酷的是,如果你在十八周岁之前不能成功定段,你将永远失去参加定段赛的资格。

火车上,蒋捷在翻棋书。最新的一期《围棋天地》上,主打的是古力和李世石的棋谱。

他感到一阵力不从心,棋谱上的黑白子在他的视线里变得模糊而难以辨认。他想抬起头休息一下弯曲已久的颈椎,但是犹豫良久之后,他依旧执著地面朝棋谱,好像有一股大力死死地按压着他的脑袋。

车厢里突然起了骚动,好像是两个男人在争吵,听声音是在自己的前方。这一节车厢里的人几乎全都抬起了脑袋,饶有兴致地围观这一场不看白不看的争斗。

但是蒋捷唯一动弹的,只有自己的手指——

他轻轻地把书翻过一页。

在漫长的旅途中,蒋捷觉得自己的心灵脆弱如同一张白纸。

他不敢看自己的父母,每当自己的视线与他们憔悴的身躯相遇,那种感情的波澜令他心悸。

又或者,他是在进行一场只有两位观众的表演,以向自己的父母证明,他是多么的不遗余力。

而此时此刻,首都的气息,依旧遥不可及。

蒋捷和石锋同时拿起手边的矿泉水瓶,蒋捷似乎是要礼让一下长者,待石锋放下水瓶才去拧盖喝水。石锋斜睨喝水的蒋捷,嘴角露出一丝不置可否的微笑,他凝视着左下角形单影只的白子,然后给了蒋捷一个出乎意料的答案——

黑一子空降而至,如若天降神兵,临空封锁白子的回撤之路。

蒋捷耗费了十五分钟才落下了这颗突袭黑势的白子,而半分钟之后,对手再次使他陷入长时间的思考。他持续保持着前倾的姿态,如同一尊石像;他的表情肃穆而静止,酷似一块浮雕。

棋盘左下角掀起狂澜,大块的黑白子相互缠绕,缠绵悱恻如同眷侣。五十手过后,八颗白子尽死于黑腹,宛若森森白骨,在黑色的坟墓里盘根错节。

一颗白子被投掷在空中,如同踩踏着盘结的骨肉,面对天地振臂一呼。

蒋捷吸了吸鼻子,他闻到了很不舒服的味道。

棋盘上,血气冲天。

蒋捷不只一次闻到了不愉快的气味。

那是梦想被谋杀后的尸体,留下的萦绕在他鼻尖的尸臭。通往成功的道路上尸横累累,他踏着别人理想的白骨攀援而上——

你赢了,他就输了。

定段赛的赛场气氛焦灼。对于蒋捷和他对面身着白衬衫的少年而言,最后一轮入场券的归属取决于他们之间的胜负。败者淘汰收拾东西回家,胜者则继续晋级,倘若下一轮继续胜出,便能成功晋升职业初段。

此刻,蒋捷尚未放弃这必败的残局。

他的牙齿死死咬住下唇,兀自不知嘴唇已然渗出鲜血,置于桌下的左手紧紧地捏成拳头,指甲在掌心刻出弯曲的条纹。

"就算你的棋全死光了,也要把棋盘填满! 你是一个男人,要流尽最后一滴血!"

父亲的声音好像贯穿时空,回荡在自己的耳边振聋发聩。蒋捷重重地喘了一口气,略微调整了一下坐姿,然后把一颗白子慎重地放了棋盘上。

白衬衫不假思索地给予回应。他的黑子飞速落下,而蒋捷的手此刻尚未从棋盘上完全抽回。

电光火石之间,胜利已经易主。

白衬衫随性而为的落子葬送必胜之局,这是一个无比致命的漏勺。所谓"漏勺",盖指棋盘上发生的低级失误,而白衬衫这一失误的低级和严重程度,等同于象棋里被对手将军而自己落子他处坐视不管。

蒋捷一手棋就提光了棋盘上二十五颗黑子。

哒。哒。哒。

白衬衫的泪水打在棋盘上的声音响亮而清脆。他脸色苍白,鼻子抽噎,身体微微颤抖,一把黑子零乱地洒在棋盘上,哗啦啦的声响不绝于耳，颇有一派大珠小珠落玉盘的神韵。

"你先走吧，我来收棋。"

白衬衫像是没有听到蒋捷说话，依然自顾自将盘上棋子收进棋盒。两个人先后走出赛场，在幽长的过道上，两人的脚步声空灵而响亮。

前方的脚步声突然中断。

蒋捷猛抬头，视线正对着一双在自己头顶约莫二十厘米之上的朦胧泪眼，而自己的肩膀，则被对方的一双大手死死摁住：

"这盘棋，本来是我赢的……"

仇恨的气息摄人心魄，充血的双目赤若焰火，蒋捷的双腿战栗不已，周身冰凉如被冰霜。长达一分钟的沉默如隔三秋，白衬衫终于松开双手缓缓转身，他拧腰的时候一个踉跄，前行的脚步迟缓凝滞了无生机。

蒋捷看着这个落寞的背影，大脑如遭电击。他痛苦地蹲下，双手掩面，刹那间哭得泣不成声。

蒋捷认识这个身着白衬衫的少年，他叫谭沉，今年刚好十八周岁。

石锋的姿态相当从容。他右手执扇，上身挺直，居高临下俯视方寸寰宇，俯仰之间彰显不俗气度。

而蒋捷则显得十分拘谨。他双手交叠置于左腿，膝盖并拢，上身前倾，明显是一个十分费力的坐姿。

开局就陷入巨大劣势的蒋捷不得不处处用强。此刻在半空飘零的孤单黑子弱不禁风，而四面八方的白棋已成合围之势。黑棋自然不甘束手就擒，一子落于中原，与右方黑势遥相呼应，薄如蝉翼的中腹孤子,居然陡然间飘忽若神。

在蒋捷的脑海中,突然浮现出一种拟人化的形象:

那颗黑子宛若一只小手,自中原游子的体侧伸出,正试图牵住,右侧那只巍峨、冷峻而又坚实的大手。

"对得起你们下棋的手!"

这句话是葛老师的名言。

葛老师,职业三段,是蒋捷一干学员教学和生活的总负责人。他升入职业后冲击国少队未果,遂在道场从事教学和管理工作,至今已有二十多年的光景。这个四十岁上下的中年人戴着一副宽边眼镜,镜片后的眼睛目光炯炯,表情一贯严肃,平日不苟言笑。

到达指定宿舍,行李收拾妥帖,蒋捷到宿舍楼前的空地与其他新学员集合。葛老师把他们带到一个大围棋教室,手指指向挂盘右侧的一块白板:"自己念。"

白板上用正楷写着四个大字:

问心无愧。

"一天的训练结束之后,能不能保证,训练质量问心无愧?每一盘棋下完,无论输赢,问问自己是不是全力以赴问心无愧?爸妈花这么多钱在你们身上,摸着自己的良心,能不能做到问心无愧?"

葛老师用粗糙的手掌拍了一下白板,白板摇晃,发出咯吱咯吱的响声:

"给我记住,做什么事情,都要对得起你们下棋的手!"

蒋捷无言地看着白板。

蒋捷第一天就表现出了不俗的实力,上午下午两盘棋全都轻松胜出。吃晚饭的时候,蒋捷身边的孩子敲了敲他的胳膊:"你瞧,葛老师在盯着你看呢。"

蒋捷顺着那孩子的视线将脑袋偏向右侧,发现葛老师冷峻的目光的确停留在自己身上,心里不由得为之一凛,忙不迭将视线收回:"呃,那又怎么样呢……"

"你是新来的学员里唯一一个两连胜的,我估计葛老师准备表扬你呢……"

此君果然料事如神。

八点钟的时候葛老师亲自登门拜访,将蒋捷自宿舍带向那间挂有上书"问心无愧"白板的大教室,蒋捷又惊又喜,一路上步伐轻捷如燕。大教室里有不少孩子在摆棋打谱,蒋捷站在讲台前神情倨傲,等待着葛老师在众人面前对他赞赏有加。

但是蒋捷隐隐觉得有一丝不对劲。

在讲台上他看到了一把约莫五十厘米长的木尺。

"把手伸过来!"

葛老师把蒋捷的手掌放在桌子的棱角上,无情的惩罚已经蓄势待发。冰凉的木尺敲打手心,疼痛自皮肤渗入骨髓,蒋捷诚惶诚恐,讨饶的话语已到唇边,最终却只能噤若寒蝉。

啪!

"知道我为什么打你么!"

"不……知道……"

啪!

蒋捷惊惧地看着葛老师苍白的脸,视线却被镜片后的严厉目光硬生生地逼回。他的目光扫向坐在讲台下自习的学生,他们或而抬头观望,或而打谱自习熟视无睹,人人脸上尽皆漠然,似是此情此景早已司空见惯。

"赢棋有什么大不了的,关键是你下棋的态度! 前半盘还有点下棋的样子,越到后面越不对劲! 快赢了是吧,开始得瑟了是吧,东张西望眉飞色舞顺便还和别人聊会儿小天是吧……"

啪!

葛老师的视线扫过整个教室,而他手中的市尺,则依旧牢牢按住蒋捷的手心:"不管你盘面赢了多少,只要棋还没下完,你的眼睛就给我死盯着棋盘,尊重自己的对手就是尊重自己,这是一个下棋的人该有的样子!"

啪!

"盘面占优得意忘形最后被翻盘的故事你应该比我还清楚吧! 道理人人都懂,下棋的时候为什么不长点心!"

啪!

葛老师把尺子提到了之前从未达到过的高度,于是下落砸到蒋捷掌心所产生的疼痛也最为剧烈,蒋捷不由得倒抽一口冷气,之前强忍的泪水终于夺眶而出。

而葛老师的分贝则在此刻陡然提高:"记住,对得起你们下棋的手!"

那串漂泊的孤子,连逃亡都是那么的优雅。

一列黑子轻盈飘忽形若秋鸿,自白棋的封锁线鱼贯而出,那枚与右边黑势相呼应的黑子乃点睛之笔,成为黑势与孤子之间的关键枢纽。白棋杀棋的野心终成泡影,而纵观全局,白棋仅右下有一块可形容为膏腴的土地,但与黑棋左右两块沃土相对比,根本不足以相提并论。

蒋捷似乎显得十分焦躁,他伸手入盒拈子在手,将一颗白子置于掌中反复把玩。贝壳棋子白玉无瑕，在灯光下泛出清冷光辉，蒋捷凝视掌中一子，而后像是被灼伤了双目一般将视线迅速移开。

而那颗白子便几乎是在同时悄无声息地落下。

石锋轻声咦了一声，似是对蒋捷漫不经心的落子颇感奇怪，蒋捷似乎依旧发发于杀棋，但这分明是明知不可为而为之的徒劳。黑棋按部就班定型活棋，白棋强杀无功而返，而这一番折冲过后，白棋一无所获，但中原薄弱的黑棋反倒变得厚重坚实起来。

中盘已近尾声，胜负似已明朗，蒋捷大头冲下，所注目的却是右下黑势。石锋疑惑地看着蒋捷，连裁判都蹙眉不解，此地黑势固若金汤，莫非蒋捷还能在此处窥出什么玄机暗藏？

此刻只有蒋捷知道，此地即将战火燎原，那战事出自左下荒冢燃起的鬼火，继而蔓延至这片肥沃的土地，而这一切变故的源头，则是两颗并驾齐驱的白子——

两颗白子当央而立，如同当年那逐风的少年。

蒋捷和谭沉是在聂道负有盛名的"葛氏竞走"中相识的。

每个礼拜天晚上，葛老师会带小棋手出道场放风，从北京的南三环走回在东直门的道场，自晚上走到凌晨，一共要花掉三个半小时。小孩子们叽叽喳喳一路上蹦蹦跳跳，按照葛老师的说法，走一走，心里的结就开了。

蒋捷走得很慢，他一语不发，脚步拖沓，显得心事重重。十六岁的"大龄"学员谭沉与几个大孩子走在最后以防小朋友掉队迷路，他注意到了前方这个一直沉默不语的孩子，热心与好奇兼而有之，于是快步趋前主动找他聊天。

"不开心么？"

"呃,没有……"

"那干嘛无精打采的?"

"……"

谭沉慢慢地了解了蒋捷萎靡不振的原因:他的父亲在北京再次失业,而做钟点工的母亲也先后被两家雇主辞退。现在家里入不敷出,只能靠积蓄暂时垫着,至于卖房的钱,那是给蒋捷学棋的学费,父母是绝对不会轻易将之挪为他用的。

自那天起蒋捷和谭沉就成了无话不谈的朋友。在蒋捷的心目中,谭沉一直以大哥哥的身份出现在自己的生活中,而这种朋友之情相比于和葛老师的师徒之情,则显得更加柔和而生动。

自那夜"葛氏竞走"的五个月后,聂卫平道场与马晓春道场之间的对抗赛将在初春开打,二十对二十的对抗赛,蒋捷和谭沉分别进入比赛的大名单。

比赛在聂道的一个小型教室举行,蒋捷和谭沉相邻而坐,胜券在握的谭沉伸了个懒腰,然后瞟了一眼位于自己左手边的蒋捷——

蒋捷的左手撑着脑袋,右手食中二指夹着一颗白子。

谭沉将视线移向蒋捷面前的棋盘,而他的注意力则立刻被棋盘上错综复杂的棋形给吸引住了。整张棋盘棋子密布,但离局终显然尚早,黑白逐鹿烽烟缭绕,一场大杀蓄势待发。

所谓旁观者清。

谭沉观战仅两分钟,白棋下一步的最佳着手已经成竹在胸。

然后他看到,蒋捷抬起右臂眼看就要落子,棋子悬浮在交叉点的上方,却迟迟没有落下。

这个交叉点,并不是谭沉所预想的落点。

蒋捷犹豫着把棋子收回棋盒,然后抽身去上洗手间,而与此同时谭沉也站了起来,两人一前一后向洗手间走去。

两人站在便池前,谭沉的声音低沉而冷酷:"还好你没下那步棋。"

"你在看我们的棋?"

谭沉答非所问:"右下角三路,黑棋那个丁四愚形的角上,托。"

"让我想想……"

"你这盘棋很重要。聂道已经三年输给马道了,每次都差那么一两分;你对面那小子是马道的高手,如果你能宰了他,我们这次说不定就能赢……"

"嘿,你那步棋还真……"

话音未落,身着灰色西装的马道领队正从卫生间的隔间里走出来,脸色铁青。

石锋的折扇失手砸在了棋盘上,边路完整的棋形,在折扇的冲击下顿时分崩离析。

蒋捷的白棋,竟然只取左下角的墨色荒冢,在黑棋围成的坟墓里,被囚禁的白色灵魂即将起飞!

死而不僵,此之谓也。

那两颗白子令黑棋如鲠在喉,而这也正是白棋一意孤行扑杀黑棋孤子的真正目的:在攻击黑子的过程中悄无声息占据中原隐秘要冲,开局阵亡的白子便可成功还魂。

这是一个自五十手之前便已精心策划的局。

棋盘上的棋形很快复原,折扇在石锋的手中成了烫手的山芋。他左手换右手右手换左手把扇子易手了好几次,长而瘦的脸上阴晴难以捉摸,他轻轻抖动手腕,折扇的扇脊撞击桌沿,发出恼人噪音。

蒋捷的表现一如既往的平静。

他面无表情,显得无悲无喜,如同老僧入定。凌乱不整的棋型与他无关,出卖对手情绪的折扇与他无关,至于对手无意为之的干扰,更与他毫无关联。

坟墓裂开一隙,白色幽灵呼之欲出,黑棋沿线尾随追击,马不停蹄亦步亦趋。白棋简单腾挪即成活型,返身切割黑色墓碑,黑棋后院失火,原先铜墙铁壁已作断壁残垣。

冲动之下,石锋坐视左下黑棋性命攸关而抢先占据边路官子,蒋捷微一皱眉,而后不假思索将一颗白子置于左下黑棋上空。

原先围困白子的黑棋反而被围,如今已成瓮中之鳖,曾几何时,刽子手踩着人头意气风发,殊不知自己有朝一日也将深陷囹圄——

凄美而壮丽,丑陋亦可悲,血液流淌如残阳微光,最终躺倒成为别人的尸体。

沿着尸体攀援而上的人们,是否曾惦记过,自己的梦想也随时会成为无头的尸首,最后腐朽溃烂化作别人的垫脚石。

当蒋捷击溃谭沉,迎接定段赛的最后一局,坐在他对面的少年,是一个腰围三尺五的十足胖子。胖子入座后冲着谭沉微微一笑,满脸的肥肉纠结成团,两人猜先之后胖子执黑先行,而就在胖子执子在手的那一刹那,其人一张笑容可掬的脸顿时冷若冰霜。

弥勒佛一秒钟变煞星。

胖子圆润壮硕的右臂高高抬起,起落之际形似重锤;拈子的食中二指宛若铁钳，仿佛要将指尖的棋子夹碎——

棋子落于棋盘发出金石之声，声音之大令左右对局者纷纷侧目，也就在此时彼刻，另一个声音尾随而至，那是木质破开的"咔嚓"轻响。

一道裂痕，自十九路棋盘之正中，兵分四路，蜿蜒曲折，直抵棋盘东南西北四个角落。

胖子的第一子落于棋盘当央称之为天元的位置，已违背布局先占棋盘四角的常识，可视之为有备而来的挑衅。之于蒋捷而言，如此诡谲开局其实不足挂齿，至于这块裂隙纵生的棋盘，其实也没给他带来多大的震惊。

真正令蒋捷肝胆俱裂的，是自那裂隙喷薄而出的绵延杀气，肃杀一如待落屠刀！

棋盘很快得到更换，意外过后，蒋捷迟迟没有落子。他做了一次深呼吸，继而闭上双目静坐养神，可是甫一闭眼，竟觉扑面而来的空气冰凉宛若冷水浇面。他艰难地睁开眼睛，视线落于棋盘，光洁的盘面上，四条蜿蜒的裂隙竟然在眼前复又出现，它们齐齐自天元连接处断开，而后蠕动扭曲形态酷肖蝮蛇，在棋盘上辗转腾挪游走不定。

两个小时之后，蒋捷投子认输，而棋盘上的黑白棋子数目才刚刚过百。

胖子的脸重新变得憨态可掬，微笑着指出蒋捷在对局中的失误，蒋捷绷紧的脸庞也忽地松弛下来，向喋喋不休的胖子报以和善的微笑。蒋捷跨出屋门的刹那又回望了一眼自己先前坐过的座椅，及至回头，泪水刹那间便充盈眼眶。

在楼梯的尽头，清瘦的谭沉长身而立，蒋捷揉了揉眼睛，确认这并不是错觉。两人走近，蒋捷仰头问谭沉："你怎么会在这儿？"

"我一个人来比赛，现在还不想回家，之前在附近转了转，半小时之前来这儿等你的结果。"

"我……输了……"

谭沉看着眼中含泪的蒋捷，眼神幽邃而洒脱："没关系。"

那一刻，蒋捷泪如雨下。

那句没关系或许仅仅是一句安慰输棋者的话语，但除此之外，或许还隐藏着另一层意义，成为蒋捷痛彻心扉的根源。当自己侥幸赢了谭沉，蒋捷就开始质问自己在棋枰间屠戮挚友的意义：下一盘若胜利则自然欢喜，而一旦失利，自己就将沦为双输的祸首。而如今，自己不足百手脆败而归，浴血拼杀最终还是悲剧，而为了缔造这场悲剧，自己以一种近乎可耻的方式终结了自己最好的朋友的未来——

在必败的局面下，靠捡对手的漏勺赢棋，胜利其实也是一种难堪。

恍惚间蒋捷设想了无数种"如果"，其中之一令他肝肠寸断：实力强于自己的谭沉如果没有失误而赢下自己，面对那个咄咄逼人的胖子，比自己大三岁的谭沉，应该要比自己更沉得住气……

而现在，谭沉只是轻描淡写地对自己说：没关系。

是啊，的确没关系，盘上争胜，天经地义，何错之有？蒋捷抿紧了嘴唇，试图用近乎铁石心肠般的理智来收敛磅礴的泪水，却不料泪腺愈发嚣张，他感觉到一只强有力的手掌正按压在自己的肩膀上，一个低沉而冷峻的声音传入耳中：

"是男人就别哭，你不欠任何人；因为，你对得起你下棋的手。"

黑棋毕竟一息尚存。

方寸之间黑白短兵相接，成语寻死觅活，之于被困黑子而言可谓准确无误。逆境之中的石锋斗志惊人，一串濒死之子将棋盘搅得混乱不堪，战火呈燎原之势，蔓延至棋盘四面八方，伴随着右下黑子零落成泥，那串困兽般的黑棋终于在弹丸之地艰难活棋。

两人纷纷进入读秒，三十秒倒计时如同催命。千钧一发之际，两人的目光在空中相接，而石锋心头陡然一凛。

一瞬间他竟然想起了日本的忍者，蒙面之后整张脸仅仅露出一对眼睛。杀手的目光如月华般倾泻而下，像是在自己的身上划出美艳的刀花！

蒋捷开始收拾在求活之路上牺牲的右下黑子，那正是先前固若金汤的黑色地域，原先肥沃的黑土现已铸起白色城墙，而惨遭搜刮并非右下角黑棋的最大悲剧。真正令石锋痛心的，是原先围圈黑棋土地的砖瓦已俱成惊弓之鸟，生死不明，前程未卜——

这是一长串孤单的黑子。

被残酷的命运驱逐出境。

"走人吧，没商量。"葛老师扶了扶眼镜。

"能不能通融一次……我们回去一定好好教育……"

马道领队第一时间就将情况汇报给了葛老师，三天之后，葛老师宣布劝退二人，当月学费全额退还双方父母。道场纪律极其严格，男女棋手发生暧昧关系都会有勒令退学的危险，更何况两人犯此大过，已冒道场之大不韪，即便蒋捷的父母第二天带着儿子亲临道场苦苦相求，葛老师仍旧丝毫不留情面。

"那……回家吧……"

父亲说的"家",是蒋捷一家三口在京郊城中村租的一间一室户的房子,公用厨卫,环境脏乱,窗口朝北,房间潮湿而晦暗。不到十平的房屋仅有两件电器,冰箱和电扇,没有电视机,衣服只能手洗。久住道场的蒋捷每回到家,心头便涌动着某种奇特的疏离感,这个只有一床两椅一衣柜和两样电器的家,在繁华的首都,真正算得上是"家徒四壁"。

父亲把一本簿子扔到他面前,蒋捷翻开,竟是一册账本,第一页的日期他记得很清楚,那天是他们去道场缴费的日子。

大米一袋——22块

榨菜五包——10块

腐乳一瓶——7块

青菜三斤——9块

道场学费(半年)——一万八

道场食宿(半年)——一万二

"看完了?"

蒋捷轻轻地点头,指尖缓缓摩挲着纸张,一股翻页的冲动油然而生,拇指刚刚卷起纸页的一角,关节却突然因余光扫过之处而登时僵硬。

父亲的双手正托着两只用藤条编织的棋盒。棋盒里盛装着高档黑白云子,白子柔儿不透,黑子漆黑润泽,这两盒工艺精巧的棋子,是这个贫穷家庭唯一的收藏。

站在门口的父亲突然背过身,然后扬起了双手。

盒盖与盒身脱离,两者自半空分道扬镳,棋子在抛物运动的惯性中纷纷下坠,拉开一道稀疏的幕帘——

而后便落向门外的垃圾桶。

"不——"

蒋捷哀嚎着奔出房门,如一个久未果腹的拾荒者般俯身向垃圾桶,双手并用将棋子一粒粒地往外捡。他的身体因抽泣而不停战栗,喉间发出无人听懂的声响,泪水和鼻涕涌向他的脸庞,双手附着肮脏的污物,行人纷纷侧目指手画脚,而他的动作,却依旧是那么的义无反顾。

电话铃声在此刻响起,蒋捷的母亲接过电话,听筒里传来葛老师厚重的声音:

"喂,您是蒋捷的妈妈么?嗯,您好!我是聂卫平围棋道场的葛老师。经过上级领导的再三考虑,我们决定撤销孩子的退学处分,假如您还想让孩子在这里学棋,可以随时带他过来……"

放下电话的葛老师一声长叹。

聂道的领导们其实并没有勒令两人退学的意图。一个月后就是定段赛,两人退学之后不可能立刻转投其他学校,因而必将失去一个月里的冲刺培训,而一旦因此定段失败,损失则难以估量,聂道的领导们不想毁了孩子的未来。但是这两个孩子的行为又实在过分,在这件事情上不能不给他们一点教训,再者道场的纪律和规章制度白纸黑字,其他的孩子也都看在眼里,不做点什么以示惩戒,的确也是难以服众。

于是葛老师就编了一出大悲大喜的脚本:先假意勒令两人退学,然后第二天再将他们召回,如此一石三鸟,给足了教训,做足了规矩,也不会贻误两个颇有前途的孩子的未来。

"葛老师说……说你可以回道场的……"

母亲的声音苍凉而缥缈,蒋捷停止了"拾荒"的动作,但依旧保持着捡棋子的跪姿。几秒钟之后,像是意识到了什么,他捡棋子的动作突然加快，原先小心翼翼用食中两指夹取棋子的方式，被歇斯底里的刨抓取而代之。

那两盒棋子，是蒋捷心中的图腾。

棋盘是棋子的坟墓。

一串黑色的孤子走向远征，而蒋捷此刻面临选择：他可以考虑谨慎收束，借助攻击孤棋之便侵削对手而壮大自己，如此平稳过渡，任十六枚黑棋成活，白棋盘面上已可立于不败之地；

抑或是开始铺就一条不成功便成仁的杀棋之路，沿线追击步步紧逼，最终诱导黑子钻入白棋地盘，将之强杀于己方境内——但是一旦黑棋成功成活，之前诱使黑子进入白势的着法则犹如引狼入室，白棋唯一一处辽阔土地几被踏平，大败亏输势所必然。

而蒋捷突然觉得一阵恍惚。

一味求稳终将固步自封，按部就班无异于行尸走肉，壮烈的杀心沸反盈天，于脉搏的跳动间发出震天撼地的绝唱。

无关胜负输赢，方寸棋枰只求壮怀激烈，局终人散，盘上的棋子个个都是短命的将士，他们理应马革裹尸血溅战场，直到灵魂在下一局浴火重生。十年前老者的话犹在耳畔，而此时此刻，蒋捷突然解读出了其中的内涵：

围棋与其他棋类有一个本质的区别。

落在棋盘上的任何一颗棋子，除非作为死棋而离开棋盘，否则它不可能移动。于是棋子一旦落在棋盘上，它的位置即被锁定，而这就意味着，它的生命也将由此终结。

一块棋盘一块坟，而棋子的生命，则比自己预想中的还要短暂。

落子即告死亡,生命的长度仅仅瞬息之间,每一局棋之于棋子而言都是一次壮丽的涅槃,而每一步棋,都是一次关乎生存与死亡的悲凉拷问。

　　而蒋捷觉得自己就如同一颗棋子。

　　是命运把他放在这个世界的经纬,他的未来已被锁死,没有丝毫动弹的余地;他只能背上血色的包袱,在命运的浅滩上深一脚浅一脚踽踽独行,为了一个光荣的梦想,为了一枚指尖的生命。

　　读秒声响,蒋捷缓缓拈起一颗白子。

单

挑

9:00, PM。

U大篮球馆的十五只白炽灯骤然熄灭,整个球场只剩下自外向内涌入的零星月光,两个高而瘦削的身影站在靠窗的场地形同鬼魅,一个站在篮下,另一个站在三分线外的底角。

"开始吧。"

底角那人身着黑衣黑裤,几乎就与球场的背景融为一体,篮下的白衣人话音未落,黑衣人一个旱地拔葱纵升而起,屈肘拨指,张弓搭箭,一枚橙色的斯伯丁篮球划出一道低矮的抛物线,准确无误空心入筐。球未及落地,黑衣人小碎步行进至左翼四十五度角位置,微曲双膝,张开十指,接到白衣人回传给自己的篮球,无片刻停顿,干拔出手,视线尾随篮球稳稳落筐。

左右侧底角,九十度角,左右翼四十五度,黑衣人只借着一线月光,命中五个空位三分球。

"我去开灯。"

白衣人劈劈啪啪按下了墙壁上的一排开关,整个篮球馆重又灯火通明,之前在夜色里形同剪影的两人,此刻终于有了立体的形态。灯光下的两人身高相若,肤色黝黑,双臂纤长却不瘦弱,强健的肌肉埋藏在表皮之下,若是抬肘曲臂,便能在两人大臂上看见鹅蛋大小的肌肉,以及肩膀上隆起的三角肌群。

"炫技可耻。"白衣人爽朗地笑了。

"见笑了。"黑衣人耸耸肩膀。

"你能赢我?"白衣人发问。

黑衣人拾起地上的开衫：

"但愿如此。"

3：00，P.M.。

U大东篮球场。

U大一年一度的校级篮球赛事"青力杯"四分之一决赛第二场，信息学院对阵金融与统计学院，比赛开始，双方中锋即将跳球。

信院球员身着黑色队服，金统球员则一身白色短打，信院队长李牧然身着1号球衣，一头陈冠希式的圆寸，眉毛细长，眼睛大而有神。此刻他眉峰挑起，眼神冷峻孤傲，视线延伸的尽头，是对面留着一头乱发的白衣24号。

他叫陈飞飞，是金统学院的队长，司职小前锋，也时常客串得分后卫，是标准的锋卫摇摆人。

而以麦迪为模板的李牧然，和陈飞飞打的是同一个位置。

李牧然和陈飞飞是这所学校数一数二的进攻终结者，弹跳好，速度快，力量足，能突能投能传，面筐背打无所不精，论区别的话，李牧然投篮更好，而陈飞飞的突破则更为犀利。

长矛对长矛。

陈飞飞眼神游弋不定，一会儿工夫视线反而移出场外，他的目光在记分牌附近的一群姑娘之间游走，却并没有聚焦在她们其中的一个；他如释重负地叹了一口气，仿佛卸下了什么担子，又抖擞了一下眉毛，看上去显得有些高兴。

几乎是尾随着陈飞飞的目光，李牧然瞥向记分牌的方位，记分牌一左一右各是零比零，而李牧然轻轻摇了摇头。

信院中锋将球拨向本方半场，13号控卫李斌接球，李牧然伸手做了一个要球的手势,李斌甩手将球传给李牧然。李牧然快速推进至三分弧顶,双目扫视半场,陈飞飞躬身屈膝站在自己身前,而中锋王可正向弧顶处跑来,明显是要为李牧然做一个高位挡拆。

李牧然左手控球,空出的右手竖起一根食指,并随着运球的节奏左右轻轻摇晃,王可愣了愣,眼看李牧然拒绝自己一番挡拆美意,于是无不失望地跑回篮下。陈飞飞余光瞥向挡拆被拒的王可,脸部肌肉不自觉抽搐了一下,也就在陈飞飞分神的瞬间,李牧然拧腰收腹,重心倏忽降低,一道黑影风驰电掣,自陈飞飞身侧疾趋而出。

陈飞飞向后急速后退,伸展右臂力阻李牧然突破,不料李牧然冲出三步后却骤然急停,屈膝弓身,将球往自己胯下一送,球交右手,身体陡然绷直,而后双手持球,人似插蜡烛般起跳,轻舒长臂,抖腕出手,入筐之际仍有一股砸篮板的前冲力,发出砰然响声。

已被晃退数步的陈飞飞飞身干扰,但离李牧然的手指尖足有十厘米不止,至于李牧然而言形如空气。

李牧然小跑回防,目光在记分牌附近游走,像是在看比分又好像不是,而后眼睛倏忽之间闪亮起来。他转而将目光投向陈飞飞,与自己相隔一尺之遥的对位者神情严肃,他似乎仍在回味着先前的入球,那张国字脸上写满了不甘。

李牧然嘴角划过一丝冷笑:真是阴差阳错,陈飞飞啊陈飞飞,这么说的话,我还真得感谢你了。

"再来十个。你先开球。"

陈飞飞停下走向篮下的脚步,迷惘地看着李牧然,李牧然光着膀子,双目满是杀气。陈飞飞眯起眼睛,无所谓地耸耸肩膀,然后脱下了身上的白色背心，同样露出肌肉虬结的上身。

"还是你先来吧。"陈飞飞向前走了几步，足尖轻挑，将篮球踢向李牧然，李牧然抱球，却走到了罚球线的位置，球罚进，李牧然耸肩："轮到你了。"

单挑斗牛的规则里，决定谁先开球有很多种方式，其中之一便是交替罚球，直到某一方罚不进为止。陈飞飞持球后回到罚球线，却将球向空中任意一抛，篮球重重地砸在板上继而弹出七八米远，而后一蹦一跳蹦跶到李牧然脚边。

"你开球吧。"

李牧然的瞳孔陡然收缩，而后突然向篮筐的方向走去，篮球在地上又颠了几下，慢悠悠地向前面滚，人与球渐行渐远。

"不捡球？"陈飞飞脸上现出了怒容。

李牧然走到篮球架旁席地而坐，把地上那件背心当做毛巾，草草抹了把脸，而后耸了耸肩，声音静如止水：

"我输了。"

"嗯？"

"罚球的那一刻我怕了。"

"你没了斗性——原来是这样。"

空旷的球馆回音缥缈而深邃，李牧然凝视陈飞飞，表情复杂。陈飞飞被李牧然看得很不舒服，搓了搓满是灰尘泥垢的双手："就让球继续滚吧，呃，正好滚到门口……"

"下礼拜就要打比赛了。"李牧然仰头看了看篮筐。

"嗯。"

"我想请你帮个忙。"

"哦？你说。"

"勉为其难,打次假球吧。"

"什么?!"

"比赛当日一定是你我对位,我给你八百,你全程放水。脚步慢一拍,起跳低一寸,防守松一分——总之,让我打爆你。"

陈飞飞眯起眼睛,脸上流露出戏谑的表情:"不介意的话,能不能问一下原因?"

李牧然避开陈飞飞挑衅的目光,而后凝视着已然砸到球馆大门的篮球,像是找到了某种精神上的寄托,良久之后才憋出两个字:"女人……"

"哈哈,别说了,我懂的。"陈飞飞咧嘴笑了。

"成交么。嫌少可以还价。"李牧然也笑了。

陈飞飞笑得更欢了,仰头,四十五度角,天花板灯光明媚——

"没门。"

陈飞飞似乎不在状态。

金统的中锋落位很深,此刻正是单打王可的大好时机,陈飞飞在右翼击地传球,但这随意一传实在是糟糕透顶。球的落点不尴不尬,反弹之后高度刚刚及膝,金统中锋弯腰捡球,却被王可绕前只手抢断。

李牧然看出了抢断的苗头便即刻向前场狂奔,其势宛若脱缰野马,抢断得手的王可心领神会,如推实心球般将球投掷而出,但这显然不是一个好长传——弧线飘忽,居然径奔边线而去。李牧然撒开双腿终于将球自出界之前截下,然后继续运球向篮下飞奔,而就是在这一停顿之际,陈飞飞已然杀到,距离李牧然不足一个身位。

片刻之后,两人已到罚球线下,而陈飞飞已与李牧然并驾齐驱。李牧然收球突破,斜行一步,双足一蹬,滑翔飞出,陈飞飞单臂挺直,高高跃起试图封盖,不料李牧然右手篮球突然换至左手,身子一拧,持球左手向前一探,竟自陈飞飞右腋钻出,而后轻轻拨动食中无名三指,球打着优雅的旋转,打板入筐。

信院观众欢呼雀跃,而金统这边则发出连连嘘声,进球后的李牧然与王可击掌,而陈飞飞的双目却滞留在场外——

在一群姑娘中间,站着一个穿浅灰色风衣的女孩,身材高挑,脸庞俊秀,嘴角旁有一颗明亮的朱砂痣。

而在她的右侧,便是上书 4—0 的记分牌。

体育馆南边是西操场,入夜便是一片冥暗,东西两边是空旷场地因而俱无路灯,而北边则是一片梧桐树林,更无一线光芒,倘若晚上乌云密布星月无光,篮球馆便漆黑一片,是真正意义上的伸手不见五指。

半分钟之前,李牧然撤灭了一排白炽灯的开关,而今晚,恰好月黑风高。

李牧然持球站在三分线外,陈飞飞在他面前一步之遥处横刀立马,两人对于对方的感知居然是脸上的触觉。两人自口鼻呼出的热气宛若巨龙喷吐的烈焰,以呼吸的频率十分有节奏地拍打在对方的脸上,使原已热得发烫的脸庞变得更加灼热。

时间一分一秒地过去,但是谁都没有动弹,如若有人戴上夜视眼镜旁观,则可看见两人俱如蜡像一般纹丝不动——李牧然双腿伸直,弯腰护球于右肋,而陈飞飞弯曲膝盖,双手抓住篮球裤的下沿。

"我反悔了——还成交么?"陈飞飞突然开口,寂静陡然豁开,宛若长枪撕裂大旗。

"再好不过……不介意的话,能不能问一下原因?"李牧然声线讥诮。

"女人。"

"不太明白……能说清楚一点么?"

"有些事情不能说得太细啊。"

"也对——"

话音未落,李牧然张臂起跳,竟是干拔三分出手,当球自指尖拨出的刹那,他自信此球将稳稳落筐,即便双目不能视物——这是他无比熟稔的投篮点,在九十度角三分弧顶处,他至少投了三千多次篮。

一只大手自李牧然两肘钻出,而后便遮住李牧然的大半张脸,手距脸足有一寸,在完全黑暗的环境中本不应诱发李牧然的任何感知。但是当那只大手封死自己的双目之际,李牧然恍惚间竟然看见了这只本不应该被他所看到的手掌,而那只手与自己脸面的空隙间,一股凉如秋水乃至于冷若寒冰的气浪自下而上,使犹滞于半空中的自己不自禁地打了个哆嗦!

中指一僵,球的轨迹顿时飘忽,篮球砸向篮板的上沿,磕着篮圈砸到了地上。

在右侧腰位接球的陈飞飞持球,摆出三威胁式的他目光呆滞,原地站了足足有四五秒钟之久,陈飞飞起步突破,但是步伐拖泥带水,很快就被李牧然逼到了底角附近。陈飞飞拔起勉强出手,但在李牧然的干扰下根本毫无准心,球砸在篮脖子上,然后被高高跃起的王可收入怀中。

王可将球传给李牧然，李牧然快速推进，金统得分后卫张凡如影随形。李牧然将球运至前场，趁两方球员尚未落位之际，一个加速，已然超越张凡一个身位。

对方两名内线匆匆补防，李牧然脚步蛇形，长驱直入，如入无人之境。李牧然右臂前探，反身上篮，身形轻捷如燕，眼看篮球即将打板入筐。

砰。

球的确打在了板上，然后直接弹飞出三分线外。

当李牧然起跳上篮的瞬间，一道白影斜刺里杀出，于李牧然出手之际飞身而至，只手将球扇在了板上。李牧然惨遭血帽，踉踉跄跄跌出十数步，直接栽进在底线看球的人堆里。

欢呼声震天价响。

李牧然撑身而起，却不曾移动脚步，他的视线飘向场地中央的一侧，那儿站着一个穿浅灰色风衣的姑娘；姑娘双手插在风衣袋中，眼睑低垂，眉宇平静，与周遭热烈的氛围对比鲜明。他就这样茫然地杵在原地，直到围观者再次爆发出山呼海啸般的欢呼——金统控卫张凡与己方大前锋完成空中接力，这是一次闪电般的防守反击。

陈飞飞此刻小跑回防，他右指并拢贴于前额，敬了一个美国大兵式的礼——

那是德怀特·霍华德在盖帽之后做出的庆祝兼挑衅的动作。

而李牧然的瞳孔骤然收缩。

"我后悔了。"

"什么?"

"我收回之前的交易,我无须你放水。"

"可是你钱都付了。"

"留你两百,算违约金吧。"

"你他妈是在逗我?"陈飞飞将手上的篮球朝上用力一掷,球直上直下,落地时发出沉重的轰鸣,"可是你赢不了我。"

"未必。"

"试试?"

"来。"

陈飞飞连续变向,在三组 CROSSOVER 之后突然将球运高,李牧然心中一喜,前探一步意欲抄球。却不料这是陈飞飞故意露出的破绽,陈飞飞右手朝身后一拨,球自身后弹向他的左手,背后运球之后虾腰突破,李牧然连球衣都拉不住。

抢断倘若未果,防守则彻底失位,无论是 1V1、3V3 还是 5V5,抢断历来是孤注一掷的赌博。

李牧然不甘就此放弃,他返身冲刺,急欲重复在 NBA 上演过无数次的追身大帽的脚本,而陈飞飞余光略向身后,嘴角勾勒出一丝残酷的笑意。李牧然和陈飞飞同时跃起,但相差了一个身位的李牧然,毕竟无法阻止陈飞飞以单臂暴扣的方式将球灌入篮筐。

陈飞飞的右手抓住筐沿人不落地,双脚前后摆动,不知是有意还是无意,两只脚向后一荡,骑在了落地的李牧然的肩上。横遭羞辱的李牧然拨开陈飞飞穿着球鞋的大脚,而后头也不回地朝门外走去。

"钱我不会还你,比赛的时候,我还是会放水。"陈飞飞右手松脱,双脚着地。

李牧然不答。

"你为什么突然变卦？难不成你练了什么牛逼的绝招，以为你能够打赢我？"陈飞飞抓起放在地上的佳得乐，仰头牛饮。

李牧然依旧沉默，而人已经走到门口。

"这他妈的是什么道理？"陈飞飞把空瓶向李牧然的方位掷去。

"女人。"

李牧然突破，急停，跳投，出手如电故伎重演，身形挺拔绰约，几乎就是巅峰时期麦迪的翻版。

而后掌风袭面，一只手掌贴向李牧然脸面。

眼前一片漆黑，篮球打铁而出。

攻守互易，陈飞飞连续变相，上篮得手，扳平比分。

李牧然在左翼四十五度角接球，背身单打陈飞飞，他向内线坐了几步，脚步一错，转身向底线突破，陈飞飞健步如飞，横向移动封死李牧然的上篮角度。

李牧然勉强分球，球却被金统中锋断下，金统快速反击，陈飞飞于三分线外接球，一记快攻三分，金统反超。

及至半场结束，李牧然九投二中，信院落后金统十分，场面岌岌可危。

球场西南角的盥洗室一时间挤满了如厕以及洗脸的球员，约莫五分钟之后才了无人迹，陈飞飞这时候才拿着毛巾去洗脸，李牧然亦步亦趋紧跟其后。李牧然的球鞋在水泥地上发出沉重声响，陈飞飞似乎对此毫无知觉，连头都没有回一下。

陈飞飞拧开龙头冲湿毛巾，李牧然反手将门狠狠关上。

陈飞飞终于别过脑袋。

李牧然一把捏住陈飞飞的衣领。

夜色如洗。

以图书馆、逸夫楼、思源湖三点一线为界，李牧然骑车在远离宿舍区的校园里游荡了足足有一个小时。白昼喧哗的校园此际杳无人烟，偶尔可见在角落里亲热的情侣，一旦撞见，李牧然便反感地别过脑袋，然后加速驶离这香艳的画面。

这样的场景，之于李牧然真是戳心戳肺。

倘若应霜没有出尔反尔，自己断然不会前后变卦，应霜曾答应会来看明天的比赛，可是就在今天上午，一条短信窜入手机，李牧然读罢内心顿时一凉：

"后天下午的实习突然改期到了明天下午，很抱歉，你的比赛我来不了了。"

自己已经和陈飞飞达成交易，而现在这一笔钱则出送得毫无意义，最多不过是向应霜汇报一个狂砍怒摘的数据，可是那又怎么样呢？他需要的不仅仅是通过以自己或者别人告知的间接方式来告诉应霜自己在球场上是有多么的八面威风，因为这根本无需口耳相传——这所学校只要关心校篮球赛的人都知道李牧然实力超群，他要的是亲眼见证，让应霜现场目睹自己的叱咤雄风。

还有一个问题，八百块对李牧然而言并不是一笔小钱。母亲下岗待业，父亲收入平平，平时生活费已经捉襟见肘，这八百块钱李牧然前前后后也存了将近有半年多。

当李牧然失魂落魄地在校园里游荡的时候，陈飞飞一个人步行至东篮球场，球场杳无人烟，一个人孤独地坐在明日比赛的篮球架下，右手摩挲着这颗已被各种地面历练得斑斑驳驳的篮球。李牧然出门之前的回答隐晦神秘如同谜面,这让陈飞飞不禁联想到了自己的境况,当时他之所以会接下这笔交易的原因,追根溯源,其实也是因为女人。

当李牧然提出用八百块钱收买自己的时候,陈飞飞其实不无心动,但是他喜欢的女孩曾承诺过会来看自己的比赛,而自己显然不愿意因此而放弃在她面前大显身手的机会,因此果断严词拒绝。直到第二天下午,陈飞飞收到女孩短信,女孩告诉他,自己因为实习日程变更的缘故,那天不能来球场看他的比赛。

陈飞飞当晚就约李牧然出来打球,并提出了反悔的意愿。他并不在乎别人会对女孩说什么,只要她并未亲眼目睹,这也不算糟糕,口头上的东西,实在是不作数的。

那个女孩名字叫应霜,是艺术学院大二的女生,嘴角有一颗漂亮的朱砂痣。

"你说过你还是会放水。"

"我承认我毁约,钱我可以还你——不过这应该正合你意啊,那天是你提出收回交易的。"陈飞飞任李牧然抓着自己的领口,眼神平静。

"给我理由。"

"女人。"

"操。"

"她之前说今天不会来看我比赛,但今天她来了,就这么简单。"陈飞飞向后一挣,领口自李牧然指尖滑出。

"谁?"

"马上要比赛了,上场吧。"陈飞飞拨开李牧然向门外走去。

下半场开场双方互有攻守，分差未被缩小亦未被拉开，始终定格在十分左右。李牧然对于球的处理明显趋于理性，无球跑动空位投射，或是……分球助攻，进攻倒也行云流水；陈飞飞降低了单打频率，命中率不降反升，双方持续拉锯，转眼间比赛还剩下最后五分钟。

　　陈飞飞左翼持球，李牧然于一步之外曲膝防守，陈飞飞持球张臂，眼看就要拔起投篮，李牧然飞身干扰，却不料陈飞飞抬起的脚后根旋又坠地，而后虾腰向篮下驰骋而去。李牧然落地后显然失位，返身拔步却已然追赶不及，陈飞飞单臂持球高高跃起，而中锋王可补防不及，前冲两步之后不进反退，这架势明显就是放任陈飞飞肆虐篮筐，而不愿勉强防守未果而遭陈飞飞暴扣羞辱了。

　　但是球却没有进筐。

　　紧跟其后的李牧然突然纵起，双臂后发先至，勒向陈飞飞的脖颈继而用力猛拽，其情状则形同锁喉！

　　陈飞飞便如折翼天使般飞速下坠，落地发出一声闷响，四仰八叉，仰面朝天。

　　陈飞飞在地上挣扎了约莫有半分钟才勉强站起来，摸了摸后脑勺，然后向队友示意并无大碍。李牧然被判技术犯规，金统两罚一掷，陈飞飞走上罚球线，两罚一中，金统底线发球。

　　陈飞飞在离篮筐十二英尺的位置持球，左脚虚点，连续探步，李牧然不为所动，双脚死钉地面。陈飞飞双目收缩，嘴角突然泛起诡异的弧度，而后遽然提肘，肘部三角向外一扩。

　　手肘如重锤，砸向李牧然面门，李牧然捂脸倒下，双手挪开，左眼眉角鲜血横流。

当王可把李陈二人交易未果的消息告诉应霜的时候,坐在屏幕前的应霜蹙眉良久。

身为李牧然在大学里最好的兄弟,王可第一时间就获悉了李陈二人的秘密,而秘密追求应霜的王可,则在一次稀松平常的QQ聊天时将此消息透露给了应霜。

只是王可并不知道,李牧然很早以前喜欢上了应霜,只是和自己不一样的是,生性腼腆的李牧然还从未展开任何追求的动作。

应霜和李牧然的相识始于大一外联部的新人派对,那天下午应霜一眼就注意到了身材高挑鹤立鸡群的李牧然,在学生活动中心的舞厅,两人发生了第一次对视。两人身为搭档在一起共事一年,一个善于交际八面玲珑,一个沉默寡言行事缜密,两人为大大小小的活动鞍前马后操劳奔波,大二共同升至正副部长,日久天长,应霜总能感受到一种惶惑而又炽热的爱慕如影相随,侧身,回首,不经意便对上了李牧然彷徨的目光。

三天之前,李牧然给自己发来短信,邀请她去看信院与金统的半决赛。

但是王可不知道的还不止这些。

早在一个月前,陈飞飞在微博上搭讪了应霜,而应霜的反应,却也没有女神一贯的冷若冰霜。

应霜早就听说过陈飞飞这个名字,这个身高臂长、相貌俊朗的男人是U大的一块篮球招牌,相比较李牧然低调的处事风格,陈飞飞更懂得如何使自己在学校变得叱咤风云。两人曾于周末在远离U大的餐厅吃过一顿午餐,饭前各自取道,饭后分道扬镳,此次约会在U大校园内无人知晓。

也就在三天之前,陈飞飞在微博私信应霜,想让她见证自己将如何完爆信院整支队伍。

而当王可将两人的秘密交易告知自己的时候，应霜想知道李牧然贿赂陈飞飞的原因，以及陈飞飞拒绝李牧然的理由——

这应该不只是想拿一个冠军头衔那么简单。

陈飞飞肘击之后立呈懵懂之状，他双臂上举，任球自然落地，这是向裁判示意自己无辜的动作。球落地后在地上颠了三下，第四下尚未落地，李牧然已经撑身而起。

从倒下到站起，李牧然只用了不到三秒钟。

陈飞飞双手呈投降姿态，于是整个躯干门户打开，李牧然揉身而上，一拳击向陈飞飞小腹。此刻陈飞飞面向裁判演戏正酣，未暇顾及李牧然的所作所为，及至余光撇见拳影，小腹当央已然中拳。

丹田登时五味杂陈，酸麻苦楚难以言说，陈飞飞怒吼一声，上举双臂直取李牧然脸面，李牧然躲过左拳却避不过右掌，耳光响亮，噼啪响若金石之声。

李牧然不退反进，双臂急掠向陈飞飞胸口，陈飞飞双手回撤，试图擒拿李牧然手腕。陈飞飞擒拿落空，于是乎四臂相错，两人就势扭作一团，其状形如相扑。

陈飞飞率先被放倒在地，但落地同时双腿一剪，李牧然胫骨一痛，重心立失应声而倒。两人手足并用在地上滚作一团，而双方队友此刻也已靠近。

王可上前想把两人拉开，未及伸手，身后张凡遭人推搡，整个身体向王可前冲而来。后卫张凡只有一米八零，而中锋王可则高达两米零二，王可上身只不过微微一晃，但将这一冲撞误会成背后偷袭的王可却给予了张凡沉重的一击。

王可沉腰回身一拳,张凡的鼻孔顿时如拧开的龙头。

金统中锋一个熊抱将王可掀翻在地,学过散打的他拳脚势若骤雨,王可此刻形如躺倒的沙袋;来自体育学院的裁判居间调停,却被金统中锋一拳击退三步,信院大前锋冲上前去揪金统中锋的球衣,却被张凡和金统控卫这俩小个子一左一右给揪住了手臂;而李斌和信院分卫试图拨开缠斗不休的陈飞飞和李牧然,而更为瘦小的李斌却被金统前锋一脚踹飞两尺开外。

替补席终于按捺不住,两队替补宛若离弦之箭向信院篮下发起冲刺,此刻球员已无理智,良善的拉架者饱受拳脚后最终也沦为打手,裁判眼看场面失控,退至球场边线打电话向保卫处求助。裁判的软弱作风明显是在催生信院和金统两院观众的胆量,一帮体格强健抑或是胆大包天的男人们如灌鸡血,发了疯似地冲入场内为己方球队助拳。

球场瞬间沦为战场,叫嚣、怒吼、哀嚎声沸反盈天,李牧然睁开带血的眼睑,在周遭一片翻飞的铁蹄和砰砰作响的肌肉中试图找到一个熟悉的身影。在杂沓的脚步带起的扬尘中,他隐约辨识出了那一爿长款风衣的下摆,视线随之向上,避开错落人群,艰难锁定了这张自己魂牵梦绕的侧脸。

扬眉,低首,长发披肩,微曲玉颈,嘴角红痣丹若朱砂,在视线尽头一闪而过,而后就此没入一辆乳白色奥迪的副驾驶座。

李牧然探向陈飞飞肋下的双臂陡然僵硬,任凭陈飞飞重拳如雨。

女人的直觉告诉应霜,这一场隐藏在幕后的交易其实与自己息息相关;而她只要做一个简单的试探,便能得知陈飞飞拒绝交易的理由与自己是否有关——

发短信告诉陈飞飞,当天的比赛她来不了。

第二天晚上应霜主动找王可聊天,以一种十分不经意的方式询问了李牧然和陈飞飞交易的情况,受宠若惊的王可立刻将陈飞飞反悔最终交易达成的事实全盘托出。应霜的目光停留在两行四号宋体字上久久不曾离去,两分钟之后,她输入了"谢谢"便即告隐身,留下王可一个人对着屏幕呆若木鸡。

果不其然。

陈飞飞得知自己不会来看比赛之后便立马回身谋求那八百块打假球的黑钱,之前的拒绝仅仅是为了自己——只要自己不在现场,他无所谓被李牧然打爆,自己的目光,才是陈飞飞赢球的动力。

但是这仅仅是陈飞飞的谜底。

应霜依旧琢磨不透李牧然,这个家境贫寒的男人为什么要做这么一场买卖?自己对李牧然在球场上的作风略有耳闻,这是一个对胜利无限渴望的男人,打着玩的野球也是每球必争毫不懈怠,而他此次重金贿赂,也许十有八九只是为了要赢下一场他认为鲜有可能赢下的比赛?

揭开谜底,只须要故伎重演。

李牧然收到应霜通知自己将缺席篮球赛的短信,当天晚上便在体育馆向陈飞飞提出收回交易,却遭到了陈飞飞的断然拒绝,应霜对这些事实了如指掌,消息的来源则依旧来自王可。应霜不免有些得意,她不得不佩服自己的直觉:事实就是,这一场交易的背后,一直站着一个两人都未曾说破的女人,而此刻自己便如同上帝之手,不费吹灰之力操纵着这场荒腔走板的闹剧。

这两个魅力十足的男人都给应霜带来了相当的好感,而她也间接见证了他们为赢得自己的爱慕而展开博弈的整个过程，这种隐秘的斗争关系令她不胜骄矜，而她更希望看到他们能在光天化日之下正面交锋，为了自己心爱的女人而爆发一场铁血的较量，这一切，则只需要一个轻微的推动而已——

在比赛当天自己大驾光临。

"别急着走——停一会儿吧，我想再看看。"

应霜抓住握在方向盘上的男人的手，笑容甜美而娇嗔，男人虚踩在油门上的脚陡然放松，伸右手轻拍了一下应霜的脑袋：

"笨蛋，就喜欢管闲事……"

男人似乎无意关心球场上的群魔乱舞，百无聊赖掏出手机，应霜极轻微地叹了口气，嘴唇轻动，连身边的男人都未曾知觉。她的目光穿透层层叠叠的人群，直落在依旧缠斗的两个男人身上，这整场闹剧的高潮，连身为幕后导演的她都始料未及——倘若自己未曾出现，又怎会有这么一场兵戎相见？

应霜环视了一眼车内精致的陈设，在应霜预设的剧本里，男人的跑车，本该是应霜与李、陈二人之间所有故事的句号。

应霜的男友是一个四十岁上下的中年男人，子承父业，是一家知名家具公司的董事，两人交往未超过一个月，关系隐秘还没有为人所知。男人挥金如土，不遗余力地满足应霜难填的物欲，她则十分坦荡地接受了这种畸形诡异近似于包养的关系。

她是那么醉心于男人一掷千金的魄力，而在这种情况下，自己与李牧然和陈飞飞的暧昧关系将变得十分之危险，因为她不能确定自己能够游走在彼此情感漩涡的边缘而不至于沦陷。从自己隐身幕后操纵李陈二人交易开始，某种情绪便自额顶直冲胸臆继而流向四肢百骸,两个男人的执著如同引信,彻底引爆潜藏在她意识表层之下的爱慕,应霜终于明白自己已然自证了一条在情感世界颠扑不破的真理——

玩弄情感者,有朝一日终将被自己玩死。

她必须扼杀这两段青葱的感情,为了自己一身 Prada 的风衣,或者是腕上挎着的 GUCCI 手包。一辆奥迪将会在比赛结束抑或是比赛临近尾声的时候出现,而自己将会在李陈二人的注目之下钻入车厢,这一场演给两个人看的戏码,其实是她现身赛场的另一个目的。

一石二鸟,这本来是个多么精致的计划。

冲突过犹不及,变故始料未及,戏幕已经拉开,原先的观众却已经缺席。应霜的视线自车内移向球场,别过脑袋的瞬间泪眼迷蒙:当时的自己何尝知道,一切将如同蝴蝶效应,自己轻扇双翅,竟会掀起这样一场血雨腥风。

刹那间生出无数犹豫,回眸是否竟成抉择,毕竟窗外人事不堪回首,回望其实也是勇气。当这一切踌躇最终定格为深情的凝望,应霜眼眸里的忧伤突然化作惊恐,窗外约莫十米的距离,一个满面血污的男子正朝着奥迪车狂奔而来——

那是鼻梁骨已然折断的李牧然。

李牧然不止一次看见应霜和那个中年男人出双入对的场面,第一次是无意,第二次是有心。

街头球场比邻马路,几张铁丝网隔离出一块封闭空间,铁丝纵横宛若牢笼。迎着南来北往的目光,李牧然蹂躏对手不费吹灰之力,变相、转身、起跳、拉杆,人似晴空飞燕,篮球打板入筐,落地时李牧然不忘侧身扫视场外行人，目光凶悍一如笼内困兽。

而李牧然的双腿就在此刻微微一颤。

一个无比熟稔的身影映入眼帘，身形婀娜顾盼生姿，一个西装革履的胖大男人与之并肩而行，距离仅隔一拳之遥。李牧然胸腹如遭重击，视线锁定两人侧影，男人拉开奥迪车门，应霜弓身钻入后座车厢，李牧然眼前世界刹那间形如默片，铁丝内外，冰火两重。

当夜李牧然辗转反侧，翻来覆去始终无法成眠，合上双目便显出男人的模样，那张庞大脸盘上竟无五官。男人的恐怖相貌自然是李牧然的臆想，不过此君脸部肥肉虬结也的确有碍观瞻，后半夜李牧然终于沉沉睡去，仰面酣睡的他竟不遗余力朝天空频频击拳。室友起夜目睹此景，一时间恐惧不能自禁，李牧然被室友拍醒，才发现后背已然湿透——梦中男人不再无脸，只是整张脸都化作了一张大嘴，李牧然出拳击打，每次都几乎被大嘴衔住而在其合齿之前将手抽出，如此周而复始，却不料梦境投射现实，李牧然在床上做出了几乎相同的动作。

至少在自己的视线中两人并未有任何身体接触，所以这个男人或许仅仅是应霜的实习老板，也可能是应霜在校外的忘年之交……一连几天，李牧然如是安慰自己，波动的情绪逐渐缓平，然而意识表层的平静并不代表潜意识同样波澜不惊，焦虑和犹疑在心灵的暗处疯狂生长，最终催生李牧然陡生邪念：

跟踪应霜，或许自己还能看见那个男人，以及那部藏龙卧虎的奥迪。

对于应霜平日的校外行踪，李牧然只知道她一般会在周五下午一二节课结束之后搭上下午四点的校车回家，鉴于 U 大宿舍区男女生楼间隔分布，李牧然便能在三点半于应霜寝室楼对面的男生寝室二楼蹲点，目送应霜提着拉杆箱缓步出门，而后相隔二十米一路尾随。但出乎李牧然意料的是，这次应霜出门并未携带沉重箱子，只是肩上挽了一个小巧挎包，并且没有朝学校的车站走去，却南辕北辙走向黑车林立的学校东门，扬手钻入一辆黑色普桑。

目睹轿车疾驰而去，李牧然一路快跑，搭上停靠在路边的另一辆黑车，并让司机跟踪前方的桑塔纳。车行过五公里，应霜下车，李牧然让司机减速慢行，视线朝应霜步行的方向延伸，李牧然的表情顿时僵如磐石——

街对面沃尔玛的门口，停着一辆乳白色的奥迪。

当白色奥迪第三次映入眼帘，李牧然只觉自己如同置身车轮之下，肉体粉身碎骨，灵魂挫骨扬灰，相较之下陈飞飞的重拳居然轻如棉絮。曾几何时，自己仍旧抱着不切实际的幻想，他天真地以为应霜只是被浮尘遮住了眼眸，倘若自己如夸父逐日般不吝追求，终有一日必将虏获芳心。

交易、冲突、暴力纷至沓来，惊讶、愤怒、恐惧亦步亦趋，一切战役只为了一个信仰，而此刻信仰在自己眼前轰然崩塌：自己倾尽心力，在心爱的姑娘面前流汗流血，而她在目睹这一切之后，居然堂而皇之毫不避嫌地上了一辆中年男人的跑车——

至少在一个月前，应霜是打车到离校三站路的地方才与那个男人碰面的。

热血直冲脑际，四肢顿如火烧，李牧然左腿飞踹而出，陈飞飞猝不及防疾向后仰，李牧然就势翻身而起，向球场外不知为何迟迟未动的奥迪车狂奔而去。奔跑中的李牧然双拳握紧，胸腹间气息鼓荡，他渴望一场男人间的对话，谈判或者决斗，疯狂且又悲凉。

而应霜彻底呆若木鸡。

她眼睁睁地看着李牧然奔向车头，而后上身前倾匍匐在挡风玻璃上捶打车身；她侧头看着男人的脸庞，那张肥肉堆积的脸面狰狞宛若罗刹。李牧然对着车内咆哮，声如洪钟气势如虹：

"死胖子有种出来，老子把你打出脑浆……"

谁料一语成谶。

"浆"字未了，李牧然倒飞而出，人如折线风筝，落地时脑袋磕在地面一块尖角的石头上，红白之物流淌一地。

中学时代，应霜曾暗恋一个男生整整五年。

那是一个篮球打得超棒的男孩，一头短发明艳亮丽，两人初高中都在同一所学校，只是都未曾分在同一个班级。与那些性格痞坏、成绩糟糕的灌篮高手不同，男孩成绩优秀，谈吐礼貌举止得体，特别是他的笑容，球场下恬淡沉静，球场上张扬霸气，唇角开阖，美好一如天使。

放学之后应霜便会到球场边缘驻足，她不敢停留太久，因为担心他追随而来的目光。短暂的凝望时常会等来惊喜，在自己的视线里他总是投篮突破游刃有余，于是应霜便会揣测一些未知的可能性：大概是自己运气不错来的总是时候，或许他一直打得这么好，还是说，是因为自己观战的原因……

脸上一红，便再也想不下去了。

男孩家教严格，追求他的女生趋之若鹜，但是在中学时代他未曾谈过一场恋爱。时光云淡风轻，转眼是毕业的季节，男孩北上远赴首都读书，而应霜则留在自己的城市，从此天南地北，分道扬镳。

这种青葱的喜欢似乎终将被岁月洗刷殆尽，两年倏忽而过，应霜变得连闻到汗味都觉得恶心。她无法理解男人何以要为了一个一斤多重的球体玩命儿,这种肌肉砰砰作响的野蛮运动毫无情趣可言。对于自己高中的爱慕应霜感到不置可否,帅气和潇洒可以是西装革履,但绝不应是身着背心乃至赤裸上身。

倘若没有遇见李牧然和陈飞飞,这种偏见或许将一直持续直到终老。

这两个高大俊朗的运动男以一种不显山露水的爱慕激活了应霜在青春期的少女情怀,往事如烟,熏染了空置五年之久的情感空白。当应霜亲眼目睹两个男人在球场上针锋相对,眼角居然惊觉有泪,她忙不迭抬手去拭,食指第二节微微一凉,全身不由得一阵战栗——

年轻的心灵,必将永远热泪盈眶。

冲动之下,男人虚踏在油门上的脚在无意识中踩实。

当应霜告诉自己还想再看会儿热闹的时候,他以为应霜不过是心血来潮因而随时都可能通知自己出发,是以他的脚并没有自油门上离开。当他看到一个面部流血形如野兽的男人以螳臂当车的姿态趴在挡风玻璃上并同时施之以不堪卒听的凌辱,愤怒便如同万伏高压电般绵延他的神经,一瞬间心智恍惚全身骤然抽搐,右脚不知何时竟将油门一踩到底。

跑车以每小时110公里的速度飙射而出,血肉之躯弹指间支离破碎。奥迪在李牧然身前半米堪堪停住,应霜打开车门踉踉跄跄扑向李牧然,行至中途身体猛地一震,双膝一软人如棉絮般倒下,倒在离李牧然咫尺之遥的地方。

如同时间静止、画面定格,破碎的脑袋上,李牧然的脸庞依旧生机勃勃。他双眼圆睁,嘴巴张大,正对着奥迪车的挡风玻璃,仿佛是在咆哮着向奥迪或是奥迪内的人宣战。应霜呆若木鸡,她静静地凝视着李牧然身下的血迹洇出来越来越大的一摊,最终漫过她撑地的手掌,同时自五指一点一点浸润她的掌心。

白色奥迪绝尘而去,浑浊的气流掀起应霜风衣的下摆,应霜的两行泪珠无声地滴落在被鲜血覆盖的地面,于是泪水就沉默地变成了血水。人群向血泊中的两人聚拢,围观者前仆后继,有人厉声尖叫六神无主,也有人恶心反胃呕吐狼藉。

陈飞飞单手抓球步入人堆,几乎是心照不宣地,人群自动闪开一条道路,任他畅通无阻进入垓心。他默默注视着这对男女,而后上身前倾,双膝陡然跪地,髌骨跌落处掀起一地浮尘。

人群声音骤歇,只剩窃窃私语,陈飞飞闭眼沉思,似乎是在祷祝。三分钟后警笛自远方传来,陈飞飞闻声豁然睁眼,他轻轻拾起应霜和李牧然的右手,然后将之交叠置于篮球表面。

远方一个男生拍打着篮球走向球场,他还对前方的事件一无所知。篮球欢乐地上下蹦跳,上迎指尖,下接地面,砰然作响,宛若一颗搏动的心脏。

当你打篮球的时候,请关注一下球的感受,谢谢。

这颗斯伯丁篮球其实只是想恶作剧一下。

一个长满雀斑的少年一步过掉防守者,长驱直入逼近篮下。篮下的中锋跳起封盖,两只大手遮天蔽日,雀斑男眼看无法直接上篮,于是手腕一抖,向空切过来的队友及时喂球。

这本是一个神鬼莫测的妙传。

而篮球君居然就在此刻突发神经。在自己飞出去的刹那,他突然不满于被人这么传来传去,于是在电光火石间把充气口张了一张,放出一个余韵悠长的屁。在气流的反向助推下,篮球君的飞行路线为之改变,本来递送到空切队友手中的篮球君,直接砸在一个留着寸头的少年的腹股沟上。

雀斑男很震惊,自己的传球明明是冲着队友去的,怎么球飞到一半突然变向了,莫不是场上谁有气功,把球吹偏了那么点距离?

就在雀斑男百思不得其解的时候,一个飞来之球,砸中了他满是雀斑的脸颊。

当篮球君被寸头男以扔实心球的方式扔出去之后,篮球君不由自主地呼喊:"啊,好爽!"

这一掷力度远大于正常的投篮或传球,那种从表皮传来的强大力量顿时激发出无与伦比的快感。快感始于表皮,经过缠纱,穿越中胎,直抵内胆,那不到半秒钟的飞行,使他飘飘欲仙。

华美的飞行被一张柔软的脸皮所终止,篮球君感觉自己撞到的表面有一个轻微的塌陷,"啊哦啊哦"的悲鸣随即响起,以几乎固定的频率传入了他的内胆。

在篮球君的视野里,有三个人朝着脸上被砸出一块乌青的雀斑男聚拢,表情关切。而在另一边,寸头男捂着下身脸庞抽搐地站了起来,而在他的身边,同样聚集了很多人。

寸头男说:"你什么意思,砸我老二,你诚心么?"

雀斑男说:"老子又不是故意的……"

寸头男说:"我就应该下手再重点,拿球砸死你丫的。"

雀斑男说:"我操你妈!"

篮球君惊恐地听着两人的对话,体内的尼龙缠纱此刻异常紧绷,那是他极度紧张时产生的生理反应——

此刻,球场上,杀气弥漫,煞气袭人。

雀斑男说:"动我对你们没有好处。我的爸爸是做房地产的,钞票多得数不过来,所以你们最好悠着点,别把我惹火了。"

寸头男很淡定,他搓了搓手,笑容诡异:"你爸是房产商?真他妈弱爆了。"

雀斑男一把揪住寸头男的衣领:"你说什么?"

寸头男:"我爸是金刚,是公安局局长。"

人群里爆发出哄笑,而雀斑男笑得尤其夸张,嘴巴大得足以塞进两个包子,口水溅了寸头男一脸:"你家的金刚局长,能不能把金茂大厦举起来?"

寸头男不动声色:"我爸的确姓金名刚,你小子还不信?我现在就打电话给我爸,叫他派警察收拾你。"

雀斑男挖了挖鼻孔:"你叫啊,快叫,快叫金刚来救你,哈哈……"

雀斑男和寸头男开始打电话,两个人拿着手机用方言咕哝着说了什么,篮球君听不懂,只依稀听到几个类似于"爸爸"的发音。一分钟后,寸头男率先放下话筒,表情如同君临天下:"哪有什么狗屁的金刚局长!反正我爸已经叫人过来帮忙了,你们站在后面还犹豫个屁!"

雀斑男和寸头男再无寒暄,率领各自人马展开肉搏。一时间尘土飞扬,互戳腰眼,男人的呻吟声在拳打脚踢中此起彼伏。篮球君看得惊恐万状,球身战栗不已,表皮上起了不少凸点,那是他的鸡皮疙瘩。一阵大风在此际吹过,篮球君球在风中,身不由己,滴溜溜地居然滚进了八人的战局之中。

篮球君滚进去之后就发现自己再也滚不出来了。篮球君辗转在臭脚之间,被接连踢翻了十几个跟头,翻来滚去,却始终无法从臭脚的包围圈中全身而退。而就在篮球君满地打滚的时候,他惊恐地看到,一群手持兵器的男人,正气势汹汹地朝这边走过来。

雀斑男的帮手,简称雀帮,终于姗姗来迟。他们的造型很别致,一律佩戴蛤蟆墨镜,黑衣黑裤,手持钢棍和片刀,威风凛凛,杀气腾腾,朝着寸头男一伙人包抄而来。

寸头男与战友面面相觑,相互激情对视两秒钟,而后便意识到自己该怎么做了。

几个人如开弓之箭,朝远离雀帮的方向"嗖"地就射了出去,动作整齐,姿态飘逸,连步调都一模一样。

寸头男逃跑的时候身先士卒，一马当先，身姿在四人中最为矫健。他顺利地跑出了第一步和第二步，而到第三步的时候，他的右脚结结实实地踩在了篮球君的身体上。

寸头男销魂地摔倒在地上，姿态销魂如画，一米八五的身躯，在飘满灰尘的篮球场上真是玉体横陈。

一踩之下篮球君形变得很厉害，标准的球形身躯变成了一个扁球。篮球君的内胆急剧收缩又迅速膨胀，那种痛苦几乎要把篮球君撕裂。

篮球君诅咒寸头男："敢踩我，脚斩掉！"

而诅咒随即应验。

雀帮将寸头男团团围困，并逐渐缩小包围圈。寸头男被围在垓心，双手无助地撑地，用颤抖的声音表达自己的威胁：

"我……我告诉你们……我爸的警……警察已经在路上了……他们会……宰……宰……了你们……"

雀帮不为所动，继续缓慢逼近，步伐扎实，脚步铿锵。寸头男眼见威胁无效，随即改变策略，易坐为跪，朝着雀帮狠狠地磕了三个响头：

"大哥请饶命，都是地球人，本是同根生，相煎何太急！"

雀帮的其中一人甚是幽默："不好意思，从现在起，你已经被开除地球球籍了。"

这个幽默的男人第一个动手。他的钢棍准确无误地敲击在寸头男的脑壳上，跪在地上的寸头男遭遇当头棒喝，整个人如残风败柳般向右边倾倒。

这一棒奏响了杀人的凯歌，雀帮相继出手，棍棒如雨点般砸下。寸头男急中生智，模仿篮球君，捧胸抱腹缩成一团，在地上如一个球休般滚来滚去。寸头男此举十分高明，柔软的腹部和阴部在这一缩之下被很好地保护起来，坚硬的背脊和多肉的屁股对外，大大提升物理防御。

雀帮眼看棍棒奈何寸头男不得，终于祭出杀招。两把片刀凌空而下，劈在寸头男的左右肩上，鲜血顿时淋漓而下。

寸头男遭此痛击，精神失常，恶向胆边生，破口大骂："操你妈，操你妈，我爸派人来，杀掉你全家！"

回答他的是闪亮的刀锋，一把刀朝着寸头男的小腿砍去，一只右脚就这样被生生地剁了下来，在地上一跳一跳，像是某种抽象的舞蹈。

篮球君的好奇在此刻战胜了恐惧。

他看到地上的一大摊红色的液体，他知道这是什么东西。在他的生命里，他曾多次看到这种液体，它们来自于手臂、小腿或者眉角，但就是那么一丁点儿，绝对没现在那么湍流不息。

于是篮球君试图挪动他圆滚滚的身躯，随着内胆不断地扭动，他终于移动了一寸，在两分钟后，他终于成功地移动到了那只断脚的旁边——也就是血泊的中央，滚烫的鲜血划过篮球君的表皮，他的内胆突突地膨胀——

肯定不是因为热胀冷缩。

特警们还是来晚了。当荷枪实弹的特警从警车上跳下来的时候,寸头男的右脚已经和身体彻底分开。

警察叔叔将在场的人一一铐起,然后质问雀帮幕后老大到底是谁。面如土色的他们一致指向雀斑男,雀斑男惶恐地摇头,但是这苍白的掩饰根本无济于事。

作为一个特殊人物,他受到了极为特殊的待遇——在特警坐等警署派更多的车来运走肇事者的时候,他却被两名特警扛起来,第一个塞入了警车。

于是躺在血泊旁的篮球君,便不知道车厢里究竟发生了什么。

警署。

雀斑男奄奄一息。

警察叔叔:"你终于醒了,很好。现在你还有什么想说的吗?"

雀斑男觉得天旋地转。他的眼前飘过许多不甚清晰的图像,那是他的父母、朋友、女朋友,还有很多很多人。突然,一个硕大无比的橙色球体以一种极其突兀的方式覆盖在了所有图像上,而球面上则写着大大的英文单词:

SPALDING

如果那个球不转向,寸头男就不会砸自己,两边就不会打架,双方就不会叫人助拳,自己就不会出现在这里……

所以,都怪这个违反物理定律的天杀的——

球啊!

雀斑男艰难地睁开眼睛:

"拜托一件事……帮我把……那个球……给……扎……了……"

晚上十点十分。

篮球君静静地躺在天幕下，岁月静好，现世安稳。温暖的月光洒在篮球君身上，那种愉悦令他心神荡漾。

于是，在这浸润着美好和诗意的空气中，他完全无视了出现在操场上的突兀脚步声，以及现在已经离他近在咫尺的刀光。

寒芒凄冷，宛如月华。

一把匕首扎入了篮球君的内胆，随着"噗"的一声轻响，气体开始从扎破的孔向外喷泻。撕心裂肺的疼痛以蛛网状的蔓延方式，自匕首插入的小孔开始在篮球君的身体上扩散，而在篮球君的感官世界里，寂静的天地间顿时沸反盈天。

体内的生命气体一泄如注，篮球君的神志却依旧清晰。他清醒地意识到，当这些气体彻底离开他的身体，他将无法像前几次那样复活，因为他即将完全干瘪的躯体，再也无法被那根输气管充盈。

最后一丝生机缓缓溢出。

死亡气息彻底填塞球胆。

从此，天地间留下了一个千古之谜——

谁能告诉我，我他妈的为什么会死？

二次世界大战，英法联军防线在德国机械化部队快速攻势下崩溃，于 5 月 27 日比利时军队投降后，在敦刻尔克这个位于法国东北部靠近比利时边境的港口城市，进行了当时历史上最大规模的军事撤退行动。最终英国成功利用各种船只撤出大量部队，把三十四万大军从死亡陷阱中拯救出来，为盟军日后的反攻保存了大量的有生力量。

事实上，德国军队早已从西、南、东三个方向朝敦刻尔克步步紧逼，德军最近的坦克离敦刻尔克仅十英里。但 5 月 24 日，德军接到了希特勒亲自下达的停止前进的命令。希特勒的这一命令，使德军坦克部队的将领们大惑不解，古德里安更是仰天长叹——敦刻尔克唾手可得，却被命令停止前进……

他坐在这间十平米的保卫室里，百无聊赖。

整个保卫室是一个圆筒形的封闭空间，在他座位正前方的墙壁上，附着一块巨大的宽屏。这一层楼的九间房间里都配备有摄像头，室内的情况在巨大的屏幕上分成一组九宫格，一目了然。

困倦如同排山倒海般袭来。在那一瞬间，他的眼皮几乎要合上，仅仅剩下一缕细微的余光，掠向前方光洁的屏幕。

刹那间，那对失神的双目陡然睁圆。

他感到周围的一切好像轻微颤抖了一下。

与此同时，在九宫格的正中，出现了一幅无比奇诡的画面。

在这个正在屋内踱步的人的腰腹正中，身体前后冒出了两截锋刃。

这两截锋刃上下同步移动，最终横贯脑袋而出。

这是一柄长达三十厘米的宽刃。从身体里头长出来的。

它正在变得透明。

很快就看不见了。

周末的天气很好。夏可搁了张椅子坐在阳台上，舒服地浸润在暖和的阳光里。一卷棋谱搁在桌子的一角，香榧棋盘上黑白错落。刚冲泡好的清茶放在棋礅旁的小凳上，一室顿时茶香四溢。

门铃在此刻响了起来。夏可皱了皱眉头，不情愿地放下刚端起的茶碗。"说好一点钟，十二点半就来了……"发着牢骚，夏可一路小跑去开门。

来人是一个留着板寸的中年男人，两人在一次棋友会上相遇，切磋一盘之后，各觉杀得尽兴，于是约定择日再战，不久便结为棋友。一次闲聊中夏可知道了此人的身份，着实把他吓了一跳：此人叫张谭，四十五岁，北京军区上将，双博士学位，是军队里稀缺的超高学历人才。和三十出头的夏可一样，在繁缛的工作中见缝插针觅得的休闲时光，大半都是在棋局里面度过的。

"你可真赶早……"夏可在门后拧着门把手，抱怨兼调侃的话正要脱口而出，一开门看到张谭的脸，整个人突然怔住了。

三个多月不见，张谭像是老了三年。

本就消瘦的脸颊变得更为瘦削，脸色苍白如纸，全无血色。头皮上方尽是灰白两色，黑头发只有寥寥数根，到鬓角处更是霜雪一片。皱纹也要比以前多很多，脸上褶皱密密麻麻，如同一块被揉成一团又摊平的抹布。

"你今天过来不是来下棋的……"

"我是想请你帮忙。"张谭的声音冷若冰霜，"我们遇到了非常棘手的事件，或许只有你能帮得上我们。"

"我？没开玩笑吧！我一个搞理论物理的，北大的教书匠，怎么可能帮得了军方的忙？"

"老兄，哦，不，我得叫你夏博士，你可别以为我对你一点都不了解，"张谭走到夏可身侧拍拍他的肩膀，"你可神着呢。你应该还记得两年前的那桩'脑控'的案子吧，当时你名动京城。"

两年前的回忆很快就浮现在夏可眼前。那天晚上他看到报纸上报道的一宗杀人案，报道中提到嫌疑人犯罪动机不明，且被捕后精神状态和行为方式极其反常。于是夏可就此推测，也许是另有真凶通过"脑控"——即通过不同波段的射电波控制他人思想行为的技术，来强行控制无辜的嫌疑人做出杀人行为。受控者在脱离控制后的七十二小时之内意识会非常混乱，这与其被捕后的反常状态十分吻合。他打电话把自己的猜测告知警方，那群束手无策的警察孤注一掷，真的就按照他的路子试着调查了一下，最终抓获一名生物学教授，而犯罪动机居然是情杀。

"这纯粹是瞎猜的，瞎猫碰上死耗子。'脑控'技术在这个世纪已经颇为成熟，被全球政府禁止后逐步转入地下，我那时候在做一个有关于此的课题，很自然地就联想到了这方面的可能，这个真的……纯属运气。"

"后来您又协助警方侦破了好几起高科技犯罪案件，见解之高明，令警方的那些高技术人才汗颜。"张谭强硬而锋利的目光渗透着欣赏之意，"他们说你很有想象力。"

"你那边出了什么大事件一定要借用一下我的想象力？我的

想象力很贵的。"

"应该很贵，我想我付得起，"张谭的脸部肌肉稍许放松了一些，旋即又绷紧，"军方的新概念武器研究所出现了前所未见的谋杀。第一名科学家在研究所遇害之后，军方迅速做出反应：封锁一切消息，警界的各路精英集结，军方同时介入调查，研究所保持戒严状态，并加派武装力量进行保护。但两周以后，也就是今天中午十二点整，又发现一名科学家以相同的手法被害。"

"新概念武器是什么？新概念武器研究所又是什么？"

"新概念武器是相对于传统武器而言的高新技术武器群体。为了开发新概念武器，军方集中了各领域的高端技术人才，将其专业领域内的成果尝试着转为军用，建造大型研究所供这些科学家们进行各种实验研究。"

"军警两方不是调查了两个礼拜么。有什么线索没有？"

"没有。调查毫无进展，所以我们需要非同寻常的人出马。"张谭意味深长地看了夏可一眼，然后把目光投向窗外，"接到通知的时候我在市中心，离你家不算太远——我认为之后两人一起去现场，这是一个明智的选择。

"我去添一件衣服，稍微等一下。"

"直升机现在在这栋楼两百米外的空地等着，最好能稍微快一些，否则实在是太扎眼了。"

直升机很快就飞离市区，掠过近郊鳞次栉比的厂房和星罗棋布的村落，飞向越来越荒凉的远郊。夏可按捺不住内心的好奇，试探性地问一直沉着不说话的张谭："老兄，这些案子到底是怎么一回事？"

"到现场再说吧，我说不清楚。"

直升机缓缓降落，夏可却没有看见他预想中的高大建筑。接机的警官领着两人往前走，途中遇到不少来回巡逻的警员以及驻守在此的官兵，夏可一路上一直保持着警觉的状态。

两分钟后他们来到一幢二层小楼前，张谭指指小楼回头对夏可说："这里就是研究所，我们进去吧。"

"怎么可能？只是一栋矮房子？"

"研究所在这栋小楼的下面，在地下三百米。"

张谭右手摁了一下大门上一个红色键，而后摊开了左手手掌，门框上方突然垂下来一个半厘米长宽的小匣子，分别在张谭的五根指头上照了一下。之后一个细针状的玩意儿伸到了他的眼皮底下，针尖正摩挲着他的眼球。

"这是视网膜识别器。"针尖慢悠悠地缩了回去，然后张谭摁下门上的一个绿色键，"现在你也站过去，像我一样摊开手掌。不会有问题的。在我打电话给你之前，我通知他们将你的资料在服务器上备案，你这次的来访是受许可的。"

大门的造型很奇特，从外面看是木制的门，其实只是在金属的门上贴了一块假树皮而已。小楼内金属质感强烈，从外面看到的简朴的木质结构，其实不过是一个掩人耳目的外壳。夏可一踏进门，就看见墙壁上悬着的机枪正对准自己，整个人下意识地往旁边跳开。张谭看着夏可滑稽的动作不由得笑了："身份检测有误的人，这里的航空子弹会瞬间爆了他们的头。从外面看上去这幢小楼没有任何问题，但事实上楼房内外到处都是监控设备。看那些墙壁的缝隙——"张谭随手指向一个角落，"里面都藏着轻机枪，一旦触发警报，几梭子就这么飞出去了。"

135

电梯降到了－20层,张谭穿过长长的回廊,拐角尽头的那个房间,就是中午的案发现场。张谭正要向前跨出一步越过拐角,却又仓促而生硬地收回脚步。

"对于你即将看到的东西,你要有心理上的准备——"张谭冰冷的声音敲击着夏可的鼓膜:"现场还未被清理,你现在可以选择不进去。"

夏可生出一股无名的怒意:"我既然来了,就有理由看到第一现场。上将,您是在鄙视我么?"

"那再好不过——我们走。"张谭大步向前迈出。

当夏可的右脚跨过门槛,他的左脚就再也跟不上来了。

这是一具从头颅到尾骨被左右劈裂的身体。酱红色的内脏悉数从躯干的巨大创口里洒落出来,从头盖骨里滑落出的白色脑浆,在猩红的地板上抹出红白相间的一摊。被剖成两半的脸庞狰狞而恐怖,因为失血严重,两半脸的皮肤全都皱缩在一起,而分属两半脸的眼睛,依然在风干的脸上惊恐地瞪圆。令人讶异的是,被切割后的两爿身体显得极为对称,除了两边头发和脸上的痣有一些不同以外,两者几乎互为镜中的影子。

夏可并没有掩面而逃。他的左脚跨入了门槛,然后迅速别过脑袋,弯下了身子。

呕吐狼藉。

一刻钟之后,夏可终于从极度的震惊和恐惧中缓过神来。一块绛白色的布裹在尸体上,暂时使夏可能够避开强烈的视觉冲击,好好观察一下案发现场的各个角落。血迹星星点点溅得到处都是,但是除了斑斑鲜血之外,再也没有其他蹊跷之处。

"你看到的所有的一切都与前一桩案子如出一辙。死者从头盖骨到尾骨被纵向劈开，正中分裂为两半，且身体左右两部分具有极其完美的对称性。如此长距离的精准切割，手术刀根本就望尘莫及。"

"我想知道死者的情况。"

"和第一个在这里遇害的人一样，他们是国内研究'反物质推动'的专家。"张谭瞥了一眼趴在地上取证的警员："还是和前一桩案子一样，他们是不会有什么收获的。"

"凶手总留下什么痕迹的……只是你们没有找到而已……"夏可咕哝着说。

话音未落，夏可就被张谭一把拉出了凶杀现场的房间。

"待在这里没什么意义。我现在就带你去这层楼保卫处。这里的每一个研究室都配备有监控设备，所以凶手作案的整个过程，都被我们全程摄录下来了。"

对于科学家的杀戮并未停止。现场毫无痕迹，手法异常诡异。除了新概念武器研究所死去的两人之外，中科院的院士成为了凶手的另一个目标群体，然后又陆续传来了各地高校知名教授死亡的消息。

张谭托人帮夏可弄了一张病休证明，于是夏可很快就获批了两个月的休假。军方现在普遍认为这些谋杀和国际阴谋有关，而就在这个节骨眼上，张谭被派往海外公干，估计要一周后才能回来。

夏可在自己的房间里百无聊赖。卧室的日光灯没开，光源只有夏可身旁的一柱落地灯打出的昏黄光束，灯光扫及的区域，形成一个暗金色的圆周。毫无头绪的夏可用左手托着脑袋，右手拿着一支铅笔，随手在一张附着淡淡光晕的纸上，抹出一片黑灰的色块。

抬头就能看见房门，只是那里的光线已经非常稀疏，只能看清楚门框的轮廓，从房门到灯光的光圈之间，隔着一大块明暗渐变的阴影。

夏可努力让自己不去回想那些科学家的死状，可是这些影像却强迫性地映射到夏可的脑海中。

千奇百怪的死法。

身体无外伤，但是体内主动脉被割开……颈椎骨被剖成两截，而肌肉组织却没有损伤……干净利落的腰斩，整个人被剖成上下两截横尸于地……林林总总，全部都死不瞑目。

案情的枝枝节节随着那些死者的影像，逐渐开始填塞夏可大脑里的沟回。夏可的脑袋觉得异常酸胀，手中的铅笔划得更快，刷刷的声音不绝于耳，色块很快就填满了整张白纸，黑色变得越来越稠。

最不可思议的遇害事件，应该是发生在新概念武器研究所。

大门以及每一个研究室的入口，指纹识别、视网膜识别全部配齐。

密密麻麻的红外监控。一有异动，隐蔽在暗处的航空子弹随时会破膛而出。

自始至终的戒严状态。每一个研究室外，都有持枪警卫三班倒地进行守护。

绕过监控，穿过阻碍，直捣黄龙——那都是电影里面的扯淡。这样的监控和防御设备，连个鬼都进不去。

内鬼？研究室原则上只允许这里的科研人员进出，但是拥有最高权限的高级别军官,是可以随意出入任何研究室的。

可惜监控显示,有此权限的军人在案发之前已经有一年没来过研究所了。

联系所有案件,最想不通的就是手法。没有凶手,毫无预兆,一把刀从身体内部伸长,然后把人劈成两半。

冷汗从夏可的背脊渗出。他伸了一下曲了很久的腿,膝盖的骨缝里发出一声闷响。他换了一个姿势,本来扶着额头的手,现在撑住了左边的脸颊。

夏可觉得眼睛一花,像是空气被激起了涟漪。

一团阴影从天而降。那是一柄匕首,正贴着他的鼻尖疾速下坠,刀尖死死地插在硬木做的家具上。

张谭现在坐在五角大楼的会议厅里。全封闭的房间内,投影仪的巨大幕布垂在房间一侧的墙壁上,几台计算机设备整齐地安置在角落里。长方形的会议桌上堆积着厚厚的文件资料,美军方发言人坐在会议桌的上首,各国代表正襟危坐。

在会议之前,中美双方就已经在电话里商议了这次会晤的内容。美方在对话刚开始时提出的试探性的询问,就已经暗示了此次会议与暴毙的科学家之间关系密切。之后对话内容开始趋于明朗,美方明确陈述了会议的议程;而中国政府经过多方考虑,最终决定委派人手参加会议。

任命张谭作为中方代表赴会,军方有着诸多考量。由于会议内容事关科学家被害的案情,必须有一个参与调查的高级别军官出面。而张谭的上将军衔,双博士学位和新概念武器研究所军方负责人的身份,最终使他成为赴会的人选。

除了美国几个官方的大人物，与会者都是俄、日、英、法、德等各国的军方代表。会议室里很安静，能清楚地听到邻座的呼吸。正襟危坐的与会者神情冷漠，狐疑而不信任的眼神相互对接，房间里弥漫着的诡异氛围里，掺杂着一种说不出来的压抑。

美军方发言人干咳了一声，把散在他面前的文件资料拢在一块，抿了一口杯子里的水，用低沉而厚重的声音说："在进入各项议程之前，有必要由我来阐述一下本次会议的目的。"

"自从一个半月前我国一位量子物理学家在家中被害之后，我国处于学术巅峰的科学家正不断地被某种未知力量所谋杀。军方和警方第一时间就展开调查，但直至今日我们的调查仍一无所获。截止到11月20日上午9时的统计资料，在理论物理、实验物理、应用数学、生物工程、生物化学、计算机科学、武器研究等各个领域，美国已经失去了126名优秀的科学家。"

"会议开始之前，我相信大家都已经浏览过我们提供给各位的档案材料。死者的死法千奇百怪，绝非常人可为。政府给出解释，但是并不能平息科学界的恐慌。随着死亡人数不断增加，各种流言不胫而走，科研人员陆续辞职，大量研究和课题被迫中断。如果任由这股未知力量继续行凶，美国科学界的崩溃势所必然，而科学的崩溃，则是一个国家走向倾颓的前兆。"

张谭微微皱了皱眉头。在电话里，美方已经表态过，美国也是这股力量的受害者。张谭对此却一直心存怀疑，毕竟国际阴谋的可能性也并非完全没有。

但是从现在的情形来看，美方说谎的可能性似乎很小。那假如说美国也是受害者，那么这股未知力量的策动者动机不明。张谭用手扶了一下发酸的脖子，继续听美军方发言人讲下去。

"我们通过各种渠道,得知在诸位的国家也发生了类似的谋杀。由此可以得出结论,这并非是一场国际阴谋,而是一种凌驾于我们社会形态之上的未知力量……"

"下面进入第一项议程。请诸位代表分别陈述贵国案情。"

这次会议更像是国与国之间的通气:你我都没做坏事,所以大家都是受害者,谁都不要怀疑谁。想到这里张谭不由得苦笑了一下,然后拿起纸笔,在各国代表做陈述的过程中简要记录下一些关键的字句,然后做了一张简单的表格。表格上记录着各国第一起谋杀发生的时间,和截止到 11 月 20 日罹难科学家的总人数。

日本,第一起谋杀发生于三周前,罹难科学家 67 人。

俄罗斯,第一起谋杀发生于一个月前,罹难科学家 85 人。

法,两周前,罹难科学家 46 人。

印,五周前,罹难 25 人。

德,一个月前,罹难 53 人。

中,两周前,罹难 15 人。

……

多么触目惊心的数字。

神出鬼没的力量,取人命如同儿戏。六十亿人类已经全部被钉在审判柱上,无论你身居何处,都无异于引颈待戮。

正当张谭神游太虚之际,各国代表全部陈述完毕。美军方发言人环视一周,用庄严的声音说道:"第一项议程完毕。进入下一项议程,针对该股未知力量的国际对抗策略……"

与会者各抒己见。张谭敏锐地观察到,一种近乎绝望的悲伤情绪正在悄然滋生。与会者的发言像是在完成任务,枯燥的叙述此起彼伏,没有人会对前一位发言者的话表示异议或者发表任何评价。张谭十指交叉搁在桌子上，他宁愿保持沉默，也不愿胡扯那些不合理的猜想或者毫无用处的建议。

"下面进入第三项议程……"

一段思绪飘入张谭的脑海，张谭又一次神游物外。新概念武器研究所正在进行量子传送的研究，实验设备在两个多月前开始按照图纸生产，几天之后组装和校检即告完成，一切已如同弦上之箭。在这样的节骨眼上，张谭难免会觉得忧虑，他必须和那个杀手赛跑——如果那个杀手还没有注意到他们的话。

这段时间夏可一直会下意识地观察天花板。对于这把差点要了自己命的刀，夏可的第一个反应，认为它是穿透天花板掉下来的，因为这毕竟是所有荒谬的解释里最不荒谬的一个。

夏可抬头盯着天花板看，没看出什么问题；于是满腹狐疑的他把椅子放在桌子上，然后踩着颤巍巍的椅子仔细地瞧。他这里捅捅那里敲敲，但一切都完好无损，没有任何问题。

此时夏可才真正感到恐惧。

夏可的第一反应是给张谭电话。但是夏可很快想起，张谭此时身在国外。于是夏可立马拨张谭给自己的另一个军官的号码，他认为自己必须申请警卫保护。

但是夏可却迟迟没有摁最后一个数字。

对于无所不能的凶手而言，警卫的守护是无用的。即便十几个警卫在自己的床前围成一圈，它若要他死，他就不得不死。

那不如等死，但是他等了三天却还没有等到。

夏可客厅里的灯光大开。他坐在沙发里看一本小说，用来排解惊恐的情绪。无论看什么书，他手里随时都会拿着笔做一些圈画和批注,这是自高中起就有的习惯。

夏可照例划着自己觉得不错的句子,波浪线逐渐推进,很快就过了两行。夏可提起笔正要将笔尖搁到下一行,突然觉得手心一空——

那支钢笔消失了,就在夏可的手心里消失了!

夏可整个人立时僵住。他的大腿骨不自禁地发抖,他能清晰地感觉到自己太阳穴突突的跳动。他缓缓挪向衣架为自己添了一件衣服,即使在充满暖气的房间里,他整个人依旧战栗不已。

已经是第二次了。

万念俱灰的感觉在三天前就已经产生,只是这种感觉现在尤为强烈。他突然有一种虚度此生的感觉,脑袋一时间胀痛得厉害。

夏可当年就读北大物理系,从本科开始就一直是导师的得意门生。他思维跳跃,判断敏锐,论证缜密,拥有一名优秀科学研究者的一切素养,而且想象力丰富,经常会提出各种各样的超前假说。

但是夏可始终郁郁不得志。国内浮躁的学术制度,强调的是论文的高产而不是论文的质量。为了生计,在北大工作的四年里,夏可根本无法潜心做学术上的研究,只能为了自己的职位升迁而流水线般地炮制论文,与同样觊觎着教授职位的同事勾心斗角。夏可后悔自己出国攻博之后回国的选择,在北大的三年转瞬而过,心比天高的夏可感觉到了现实的残酷和阻力。

或许下一年就应该选择出国吧,夏可这样想着。他喟叹了一声,只是已经没有容他选择的时间。他三年里唯一的收获,也就仅仅是稍微完善了自己天马行空的假说而已。

可是假说又有什么用呢……好不容易读到博士,在中国最优秀的大学工作三载,如今而立之年依旧毫无建树……

有过几个女朋友……三十岁了却还是没有结婚……

父母依旧住在狭小的居室里……自己还没有能力报答他们……

很快我就会被杀掉的……很快的……一无所有……一事无成……

夏可在沙发里呆坐了整整一宿。天色蒙蒙亮的时候,他疲倦得再也撑不住,整个人蜷卧在沙发里,脚搁在另一张沙发的扶手上。

夏可是见过凭空消失的。就是在半年前,在瑞士日内瓦的欧洲粒子物理实验室发生了一桩神秘诡异的消失事件,震惊世界物理学界。

当时,已停工六年的大型强子对撞机(英文简称LHC)在完成了所有的设备更新和升级之后终于再次启动。更新升级后的LHC其加速器能级是原来的三倍,它是历史上能级最高的粒子对撞机。

对撞机的对撞实验可以这样理解:你想知道一个台球内部是什么结构的,可以把台球使劲扔在地上把它摔碎看看里面有什么。也可以拿两个台球互相撞击,撞碎后看看都有哪些碎片。当然台球的速度越快,撞击得越剧烈,碎片越多,也就可以揭示更多的台球的内部结构。

两束在环形轨道中被疯狂加速的粒子束迎面相互撞击,根据撞击的结果来揭示物质的深层结构,这和摔碎台球是一样的道理。当然,粒子不像台球,撞出来的"碎片"肉眼是看不到的,那就要用各种大型探测器来探测"碎片"的"形状"和"颜色",再对这些"形状"和"颜色"进行分析,最终揭示"碎片"究竟是什么。分析的过程很不容易,那些由数字和方程构成的"形状"和"颜色"复杂而抽象,物理学家们必须进行大量精确计算和严格推导,难度非常高。

但是离奇的事件出现了。实验结束后,在轨道内的粒子群总质量,比加速前至少减少了一半! 轨道内并未出现能量暴涨,因而质量转换为能量之类的推断纯属无稽之谈,那么这些能量究竟到哪里去了呢?

一时间假说纷纭,但还未出现逻辑严密的合理解释。北京大学物理系几大知名教授也参与了这一未解之谜的研究,于是夏可有幸获取了这次 LHC 对撞实验的大量珍贵数据。

夏可在回忆里进入了梦乡,在梦里他看见了一幅很抽象的画面——

一柄刀、一个球、一堆液体。

刀劈开了一只红色的夸克,绛红色的粘稠流质,正从这只夸克里汩汩流出。

新概念武器研究所内,量子传送的实验室有一个篮球场那么大。十余人坐在实验室的控制平台上,他们将静观隔空传物的奇观。实验物件是一只一尺五寸见方的沙袋,内装约八公斤的铁沙,它将在五飞秒内瞬移一千五百公里,最终神奇地出现在中国中部的一个小城镇上。

控制平台上的两排座位上坐着十四名量子传送的骨干研究人员,以及在场的唯一一名军人张谭。作为军方最高负责人之一,张谭将对本次实验进行全程监督。他坐在前排最靠右的位置,双手紧紧地交叉握住,他的神色看上去很平静,虽然他的掌心早已经被汗水浸湿。

一千五百公里外的接受点已经准备就绪。实现超长距离的自由空间双向量子纠缠"拆分",每多一米都会提升不少技术难度,因而五十公里和一千五百公里,技术层次绝对在十个数量级开外。

　　设备是一个亮绿色的盒子,沙袋静静地躺在盒子的底部。盒子内部排线犬牙交错,但是从外部看过去,它只是一个闪着荧光的正方体,简约的美感令人窒息。

　　启动程序开始加载,中型机的屏幕上划出一道进度条。一片漆黑的屏幕上,只有一行蓝线幽幽地延伸,下方标注着载入的进程。

　　"数控程序加载完成!"

　　"设备自检完毕!"

　　"倒计时开始!"

　　张谭的神经顿时被揪紧,他的心跳甚至已经和倒计时在同步。当倒计时数到"1"的时候,张谭长吁了一口气。

　　此时此刻,张谭觉得空间微微摇晃了一下。

　　然后正方体的六个面,突然向体心塌陷进去。

　　已经扭曲的面产生了纵横交错极为密集的裂缝,从内部传来了一声轻微的闷响,变形的几何体分崩离析。

　　成千上万的碎片堆积起来。用碎片这个词或许不妥,因为它们完全可以被视为颗粒——每一块碎片的面积不超过零点一平方毫米,地面上一大片斑斑驳驳。

　　一切悄无声息。

　　一大块褐色的阴影从碎片里飞出来。

　　它在空间里停顿了一下,然后以奇快的速度飞过张谭的后颈掠向众人。一片视觉暂留拖过的残影飘忽而过,张谭立马回身去寻觅阴影的踪迹,然后准确地找到了它的位置:它悬在离他几米的半空,正在慢慢地变得透明,很快像一团越来越稀薄的雾气,弥散在凝滞的空间里。

张谭的目光瞥向众人,试图向他们征询看法。但是除了张谭,所有人竟然全都保持着一致的神态:他们双眼睁得很大,瞪视着空无一物的远方;面部已完全僵住,停止转动的眼球向前凸出。张谭惊恐地拍了拍离他最近的那个人,一拍之下,竟然传来了钝器击打地面的声音。

张谭与一个正在下坠的脑袋上的脸打了个照面。

张谭的头皮一阵发麻,寒气从心头直逼到喉咙口,胃部因为恐惧而产生剧烈地疼挛。他撑着椅子的扶手缓缓站了起来,双脚向前艰难地挪动,走过一个人的身旁,就用颤抖的手推一下他的身体。一圈走完之后,十四个沉重的脑袋,陆续激起了地面的尘土。

不见一滴血。

颈部的血管末梢清晰可见。血管里的血液已被凝结成固态状的坚冰,血管已被撑破。

而现在,"血冰"正在逐渐解冻。血管里的细密泡沫正在翻涌,一分钟之后,十四束血花同时绽放。

张谭正站在两列花的中央。

门口已聚集了很多警卫。张谭回头定定地看着那群睁大眼睛的人,嘴唇勉强地咧开一条缝。张谭笔直着身板慢慢向着实验室的大门走去,所有人都自觉地为他让出道路,留下了一个脚步踉跄的孤独背影。

夏可依旧活得好好的,但是整天都浑浑噩噩。一天中的大部分时辰,他只是迷迷糊糊地躺在床上,一直处于半睡半醒的状态。

张谭双拳并用把门敲得砰砰作响才叫醒还在睡梦中的夏可。夏可穿着睡衣出来开门,一看到张谭,残留的睡意顿时被震飞大半。张谭似乎每一天都在变老,一个月不到的时间里头发彻底花白。整个人的身形更加瘦削,整张脸像是一张纸,硬生生地贴在面颊骨上。

夏可赶忙招呼张谭坐下。张谭勉强微笑了一下,然后很快就收起了刻意的笑容。

"量子传送实验出事了。"张谭习惯开门见山,"参与量子传送实验的十四名科学家全部遇害。"

"我看过你写的内部报告,所有的细节我都很清楚。"夏可迅速地接过话茬,"被'砍头'后头颅依然能够保持在原位置不变,直到身体受到一定的外力碰撞而失去平衡为止——那个'砍头'的阴影必然是这个世界上最锋利的刀,并且以异乎寻常的高速进行切割!还有,这把刀具有极端低温,在砍头的刹那间冻结颈部血液,而随着时间的推移,被冻结的血液会液化,此时血液就会喷涌而出。"

"有一件事我在写报告的时候忽略了——"张谭凝视着还剩下半杯茶的杯子,"在倒计时到'1'的瞬间,也就是设备在一瞬间塌陷的时候,我觉得自己的神经有些异常。在那一刻我觉得周围的空间轻轻抖动了一下——我能清楚地捕捉到这种感觉,它非常清晰,所以我确定这绝不是转瞬即逝的错觉。后来我向新概念武器研究所案发现场戒严的警卫求证,两个人的回答竟然极为相似:在感觉到那种与我类似的神奇感受之后不过半分钟,对讲机里就传来了保卫处歇斯底里的声音。"

"我需要一点时间来思考。"夏可垂着脑袋轻声地说,然后是长达十五分钟的沉默。

当夏可抬起头来的时候，他本来颓废的眼睛里闪烁着一些原先没有的光亮："对我之后要说的话，你可以选择完全不相信，这没有关系，或许是我的想象力走得太远了——你应该记得我跟你说过，我是一个很有想象力的人。"

"这绝不是错觉。错觉总是与杀人流血同时出现，这个世界上没有那么多巧合。我以为这是空间扰动效应，一种凶手通过高维度空间对于我们三维局部空间的干涉行为。想象一只在二维平面上生活的蚂蚁。你把这只蚂蚁从它所生活的二维平面上捡起来扔到地上，那么这就是你通过三维空间对于二维空间的干涉；对于蚂蚁而言，它体验到了最不可思议的运动形式。同样的道理，当有东西通过高维度空间对我们的局部空间进行干涉的时候，就能使杀人的刀锋在无外力作用下做到不可思议的反重力运动，于是刀锋横扫下十几个脑袋的诡异运动成为了现实，竖直劈开身体的刀刃也能够做到逆着重力向上。而身处这个局部空间内的人，就会感受到这种扰动——那非常轻微但又无比清晰的晃动。"

张谭向前倾斜的身体绵软地靠在了椅背上："这种空间扰动出现一次，世界上就少了一个人……"

"不过也有例外……你出国的这几天，我也遇到了一些怪事！"

"嗯？"

"一把刀从天上掉下来，差点插在我的脑袋上！"

"这把刀能够凿穿你家的天花板？"

"天花板没有坏。所以准确地说，它不是掉下来的。而且那个时候我感觉到了空间扰动的效应——所以我说，也有例外。"

"例外……"

"还有第二件事情，我手里拿着笔，然后它在我的手心里消失了。"

又是一阵沉默。大约五分钟之后，低着头像是思索什么的张谭突然笑了。

"老弟，你走运了！"

"啊？"

"这些异象足够证明你已被凶手盯上。可是这家伙只是放空包弹吓唬你。"

"吓唬我？我脑袋只要往前伸一厘米，这把凭空掉下来的刀就会扎进我的脑袋！"夏可走到自己的房间，抄起一把小刀激动地挥舞着："就是这把刀！差一点要了我的命，这还叫吓唬我？！"

"先把刀放下，"看到夏可收起了刀，张谭才继续说，"你对于发生在我身上的事情思路倒是很清楚，可是当你处于事件中心的时候，却失去了最起码的分析能力。你现在是不是还这么觉得，凶手要杀了你，对不对？"

夏可正要张嘴回答，话到口边却被自己生生咽了回去。

"我想你也发现了，你前面的判断出了问题。那个家伙真要杀你的话，他早就动手了，一刀把你整个地剖开来，干净利落。当然，你可以说凶手是在像猫捉老鼠一样在你临死前调戏你，可是他调戏了足足一个多礼拜，这个凶手是不是也太有雅兴了？"

夏可的喉结动了一下，他艰涩地咽了一口唾沫，然后迷惘地问张谭："他搞鬼来吓唬我却不杀我……可他搞这些鬼又有什么目的？"

张谭用一种复杂的眼神看着夏可。

"或许……这是一种暗示。"

"暗示？什么暗示？"

"它想强调一种联系。一种很明显但是却一直被我们忽略的联系。"

"你没必要故弄玄虚……"

"当局者迷。"张谭的食指和中指轮流敲击着桌子，"这样，我们杀一盘吧。"

空无一物的棋盘上慢慢铺上了棋子。两个人都是力战派的路子，边角处的局部一着不合，就开始大杀特杀。战火一直蔓延到全局，不断有死棋被提出，劈劈啪啪被重新放回棋罐。

当夏可埋头苦思的时候，张谭突然问夏可——

"无中生有和凭空消失，和落子提子又有什么区别？"

棋盘之外，夏可的大脑正在飞速运转。

把棋盘视作封闭的时空，棋盘上的每一处落子，是纯粹的无中生有；把棋盘视作封闭的时空，死棋从棋盘上取出，那是了无痕迹的消失无踪。

落子和提子，其行为本质是完全一样的；奇妙的生成和诡异的消失，或许本质不变而互为对方的逆过程？

凭空出现的匕首，神秘消失的钢笔；无中生有的刀锋，诡异失踪的粒子——所有的一切莫非只是一回事情？若可明晓其一，便能知晓全部？

唬人的匕首，杀人的快刀，消失的钢笔，自己对此一无所知，根本无从入手。但对于 LHC 的失踪粒子之谜，却有海量的数据供自己研究。只要解出失踪粒子之谜，那么就一定能还原事件的所有真相！

为什么到现在还没有发现粒子质量消失的原因……是因为他们对于数据的分析就出现了偏差……

如同解一道题，题设给出了大量的条件，但是解题入手的方向不对，大量的条件等于白给。

同样，质量消失之谜就像一道题目，那海量的数据是错综复杂的条件，无法得解的原因，是没有找到解决问题的正途。

数据是否能够有效应用，事在人为。

而现在夏可产生了一种不知道哪里来的坚定信念。这种信念使他血脉贲张，使他不由自主地握紧了双拳，他觉得，自己一定能从浩瀚的数据海洋里找到通向正解的方向。他抬起头对张谭说："给我时间。让我来告诉你凶手是如何做到的。"

张谭微笑着点点头。聪明人之间的对话，很多时候仅仅是点到为止而已。

送别张谭之后，夏可拔掉了电话线和网线，然后去超市抱了一大堆速食面，打电话叫人送来好几桶桶装水。他决定在之后的一段时间里，彻底终止与外界的一切联系，而连日的恐惧和迷惘，正从夏可的眼睛里慢慢消失。

数字和方程撑起了他瘦弱的躯壳，支撑着他走下去的是一种天生就怀揣在灵性里的使命。他的生活里只剩下无休止的运算，计算机的灯一直亮着，默默陪伴着这个孤独的行者。

张谭是在三周之后去找夏可的。

张谭收到夏可的电邮之后就明白了夏可的打算，他耐心地等了三个礼拜才决定找他的朋友聊聊。摁门铃，捶门，连续五分钟，室内灯光大亮，却始终没有人出来为自己开门。吃完中饭之后张谭越想越不放心,下午三点钟的时候他又去找夏可,他实在担心这位闭门不出的朋友会出什么意外。

和上午一样,无论张谭在门外如何折腾,房间里依旧没有反应。张谭掏出手机咬牙拨了一串号码,嘴里嘟哝着:"电话全都不接,没事儿搞什么与世隔绝……"

很快就有几个人赶了过来,其中还有戴着大盖帽的警察。这些人和张谭招呼了一声,然后拎着工具箱的两个人从箱子里拿出工具开始强行开夏可家的门锁。邻居一个个看得傻了眼,一个六十几岁的阿婆对着旁边一个女人嘀咕:"乖乖不得了……出大事了……出大事了……"

门很快就被打开,张谭第一时间冲进屋内,客厅里窗户紧闭,白炽灯大亮。张谭环视客厅,发现并无异常,然后便小跑冲入夏可卧室。

夏可正蜷缩在计算机前的单人沙发里。

他整个人像是一片皱缩起来的纸,被揉成一团安放在沙发上。

屏幕上一片漆黑,主机的 LED 灯却亮着,计算机应该是处于待机状态。桌面上铺满了写满字的稿纸,把它们拢在一起,看厚度至少超过一百多张。

张谭随意翻动着这堆计算稿,眼睛粗粗地扫过去,每张纸的正背面全被黑色水笔涂满。然后他瞥见其中一张空白了三分之二的稿纸显得格外显眼,他抽出这张纸,发现在这张纸最后一行字的下方,有一条深红色的线,然后在那个段落上,夏可打了一个大大的勾。

张谭的脸上浮现出了连他自己都未曾察觉的笑意。

入冬的天空突然下起了滂沱大雨,声声惊雷在耳边轰然炸响。张谭坐在客厅的沙发里等夏可醒来,一个小时倏忽而过,现在他正靠在沙发背上闭目养神。

手机铃声骤然响起。张谭揉搓着眼睛，耳际传来一个急促的声音——

"神迹……神迹又出现了，还出现了一只眼睛……"

晦暗的天幕下黑云压城。视线的尽头，释迦牟尼与耶稣相背而立。而在耶稣的左侧，变幻莫测的闪光交织成绮丽炫目的光网，那是伊斯兰教无形的真主在俗世里最恢弘的现形。

视线尽头的尽头，在三大真神的顶端，一只巨大的眼睛正在缓缓睁开，一点点露出它鲜红色的瞳仁。

随着死亡人数急剧飙升，科坛的异象越来越多地浮现在张谭面前。不断失踪的同事和大量被迫中断的研究，政府的遮掩变得越来越苍白无力。当量子传送研究小组全部灭口的消息不胫而走，最后一层白纸终于被捅破：张谭收到了研究所科研人员的联名辞呈，中科院众院士纷纷离职，各地高校的一些教授也已闻风而动——总之，如今的科学界一片万马齐暗。

天空中同时出现了无法解释的神迹。在世界各地的任何位置，都能看到在天空中耸立的真神。拈花的佛祖和长发的耶稣，变幻莫测的闪光象征着无形迹的真主，三大宗教的真神同时现身，仿佛暗示了人类宗教的圣灵，其实都是一个神的化身。

但是更令张谭感到忧虑的，是宗教崇拜在高级知识分子之间的迅速蔓延。

很容易就能将那柄幽灵的屠刀和天空中的神迹联想在一起。当面临不可解的超自然力用不可思议的方式展现力量，由数字和方程构筑起的理性大厦，在此时变得比任何时候都不堪一击。既定的定律和自然科学的真理形成了属于科学家固有的三观,而当那些定律在某些超自然力面前失效,也就意味着个人三观体系的整体崩塌。当个体的精神再也无法寄托于客观和理性,于是他们就很自然地走向另一个极端——缜密而敏锐的思维,脱胎换骨成为对于宗教的极度狂热。

屠戮一直在身边发生,死亡的人数与日俱增;神迹真实地出现在面前,连衣角的褶皱都清晰可见。科学家残存的逻辑推理于事无补,甚至在做着相反的推动:

∵环境污染……技术暴力……

∴仁慈的主……请求宽恕……

于是虔诚的宗教信徒、无处不在且数量众多的愚民,还有大量的高级知识分子,成为了最先被麻醉的对象。

张谭接到电话之后立马打开窗户,然后就看到了一幅令人窒息的场面。那只硕大无朋的眼睛在之前的神迹中是没有的,今天是它第一次出现在全世界的面前;由于这只大小是真神躯体十倍的巨大眼睛的出现,与历次的神迹相比,这次神迹显然是最为壮观最为震撼的一次。

张谭想把夏可叫醒,但准备拍打夏可肩膀的手突然停滞在半空。犹豫了半分钟之后张谭一个人带上门走了出去,他担心虚弱的夏可经受不住这次神迹带给他的心灵刺激。

张谭裹紧了身上的风衣赶去市中心最大的信徒集会地点。张谭虽然学历很高,也拥有很高的科学素养,但是身为军人,刚毅和果敢使他的理性大厦依然坚不可摧。他看到过神迹但未曾亲历过集会,现在他想亲自去看看,人性到底癫狂到了什么样的地步。

交通拥堵到几近瘫痪。从夏可的家到集会地开车区区十来分钟的路,现在估摸着要一个钟头才能到达。虽然连走路都要比开车快,不过张谭并不着急,两次神迹的时间都超过了两个小时,他没必要顶着瓢泼大雨赶路。

现在张谭正吹着暖气,安静而耐心地靠在椅背上。透过车窗玻璃,他定定地看着车外的景色,表情专注凝重如同灵魂出窍。

墨绿色的天空光影交错,一束束白色的线性闪电,劈出转瞬即逝的鲜绿色块。这瞬间明灭又色调诡谲的空间粘稠而凝滞,稳稳地托住了真神下方无形的神坛。

释迦牟尼盘腿而坐,淡金色的袈裟斜挂在身上;他拈花微笑,脱俗的笑容穿过红尘,缓缓渗入了时空的深邃……

耶稣宽袍大袖,神情温和却又肃穆。他静静地俯瞰着苍生,悲悯的目光穿透每一个与之注视的人的心底,这是对人类最终极的救赎……

西南的那簇闪光,数十道光芒飞腾交织,每一束光芒都摄人心魄,那千百束象征真主安拉意志的光束,正在撕破这晦暗的天空……

不,不会是这样的……不过是故弄玄虚……

科学禁锢……宗教控制……

他们到底要做什么……

一切只是闹鬼,盛放谎言的神龛……

那只巨大的眼睛正在缓缓睁开。像是一个人睁开眼睛的慢镜头,深灰色的眼睑正在以极慢的速度挪移。而当这只眼睛彻底睁开的时候,鲜红的瞳仁飞溅出的血色光芒迸发闪耀,血红色的光晕漫射开来,将那三座真神完全笼罩其中!

在市中心的集会地点，人群已彻底陷入癫狂。倾盆的大雨里传来了响彻穹宇的凄厉哭号，他们一次次将额头砸向坚硬的地面，尽管额前已经血肉模糊。

当张谭赶到的时候，持续了一个多小时的癫狂已经陷入尾声。哭天抢地的喧嚣慢慢开始平息下来，人群的声音变得越来越小，在离集会人众百米之外处根本细不可闻。

癫狂最终被麻木和呆滞彻底取代。

人群集体性地陷入了死寂，从一个极端走向了另一个极端。

就在此时他看到了一个奔跑的身影。

在跪倒的虔诚人众里，他奔跑的身影显得异常突兀；他瘦弱而高挑的身躯在伏地的人群中鹤立鸡群，然后很快他就处于人流圈的中心。

在昏暗的天色下，这人看上去就像是一张黑色的剪影。他的双手手心相对伸向天空，整个人朝着东南方，这是巨眼所处的方向。

一道闪电破空而过，昏暗的天空瞬间宛如白昼。在强光刺激的瞬间，这人直直地倒了下去。

闪光的一刹那，张谭觉得他的脸似曾相识；两人之间的距离延迟了张谭的判断，但是张谭很快就确定了自己的直觉。

夏可泛白的脸庞，在张谭的眼底一闪而过。

夏可的体重很轻，张谭没有费很大的力气就把他搬进车内。横躺在车座上的夏可浑身湿透，显然他发烧了，而且烧得不轻。即使在充满暖气的车厢里，夏可的身体也不自禁地蜷缩在一块儿，他眼窝深陷，手脚颤抖，嘴唇毫无血色。

夏可在座位上挣扎了一会儿，然后缓缓睁开了双眼。他用迷茫而无神的眼睛看着四周，看到眼前的张谭，露出了疑惑的表情，"我这是在哪里？"

"你在我的车上。"张谭轻轻拍了拍夏可的肩膀，"你到了市中心的集会地点，然后做出了很疯狂的事情……"

"我……我好像记起来了……我已经连续十几天每天只睡两三个小时了……当一切结束了之后，我才觉得浑身难受，于是整整睡了一天……我好像是被雷声惊醒的……打开窗户，我就看到了那只眼睛……眼睛！"夏可的声音突然高亢起来，"张谭，我告诉你，这个世界上真的有神……"

"我就知道，你他娘的也疯了……"张谭踩着油门，用命令的口吻说，"你现在给我躺好，我送你去医院！"

"不用，没有时间了……"夏可开始咳嗽，咳了足足有两分钟，几乎把肺都要咳出来，"掉头……掉头……我还活得好好的……"

张谭不为所动，猛踩一脚油门，汽车加速向市中心的医院驶去。夏可挣扎着从座位上坐起来，几乎是在呻吟："我用数字和方程告诉你，这个世界真的有神……你必须听我说……我们已经没有时间了……那只眼睛会杀了我的……"

张谭苦笑了一下，把车子掉了个头，"那好，你现在先乖乖躺下休息。我把你送到你家之后，我将我们的谈话录音并且同步上传政府高层……"

"没必要……不会让我们得逞的……"夏可重新躺回座位，语速很慢但很清晰，"总之，送我回家吧……"

"那你想怎么做……"

"我写下来。哪怕只有我一个人知道。"

"你应该告诉我。"

"那会搭上两条人命!"

"如果你的发现是错的,那神不会把我们怎么样;而如果你是对的——"

"怎样?"

"朝闻道,夕死可矣。"

客厅里灯光大亮。

"还记得无中生有的匕首和突然消失的钢笔么?我一直不曾理解其中的暗示,直到你用一盘棋点醒了我。这两个相互对立的神秘现象,是为了让我理解凭空生成和凭空消失之间的关联——"

"本质相同且互为对方的逆过程。"张谭打了个响指。

"只要能解开半年前 LHC 粒子束质量消失的谜团,就能解释那柄无中生有的刀,无论它切割动脉,或砍掉人头。当时我曾绝望过,这么多物理学界的大腕对此一筹莫展,我又有什么自信能解开谜团?但很快我就想到了你的一句话——"

"兄弟,你走运了!"张谭打了一个哈哈,"是这句么?"

"没错。我的确走运了,我不仅没有死,还被暗示真相。这一切只能证明,我是被选中去寻找真相的人。而我一定有破解 LHC 之谜的能力,我一直低估了自己!"

"这是你自信的来源,也是我对你抱有信心的原因。但我一直很疑惑,凶手为什么要给你暗示?"

"也许这是一个圈套,"夏可苦笑了一下,"但我依然要去做。究竟是什么东西在杀死文明,这必须有一个交代。"夏可的双眼中透出一种不可名状的伤感:"至少我这辈子,还算有那么一丁点成就。"

"现在我来告诉你这到底是怎么回事:在 LHC 史无前例的加

速能级之下,不仅质子被打碎而放出了夸克,连夸克都被撞得粉碎,把构成夸克的'终极微粒'释放了出来! 根据我的数据分析结果,一个夸克共由六个不相同的'终极微粒'构成。

"下面我将建立一个简化模型。

"姑且把这六个'终极微粒'比喻为六个颜色不同的小球。为了易于理解,我们简化条件,将夸克视为只由红黄蓝三种颜色的小球构成的粒子。那么,红球 + 黄球 + 蓝球 = 夸克。

"一个质子由两个上夸克和一个下夸克构成。还是为了易于理解,我们将这三个夸克看成是一模一样的。

"现在设想有两个质子在 LHC 的环形轨道内迎面对撞,在碰撞中把质子分裂成夸克,夸克又分裂为三色小球。一质子 = 三夸克,一夸克 = 一红球 + 一黄球 + 一蓝球,那么一个质子就能分裂为三个红球三个黄球三个蓝球。

"两个质子乘以 2,那就能分裂成六个红球六个黄球六个蓝球。

"两个质子被完全粉碎之后,六红六黄六蓝这十八个球在极短的时间内被解离,然后又在极短的时间内随机重组在一起。

"可是这些被解离的球为什么一定要以'红 + 黄 + 蓝'的方式重新组合为夸克呢?

"它们为什么不可以是'红 + 红 + 黄'甚至是'蓝 + 蓝 + 蓝'呢?"

张谭一脸错愕:"这……又如何?"

"蓝 + 蓝 + 蓝? 恭喜你生成了暗物质粒子! 暗物质①代表了宇

---

① 暗物质的发现,仅仅是理论上的推理。研究表明,以星系中恒星的运动速度,要使星系不解体,星系的质量必须是可观测到物质的好多倍。理论推理得到的应有质量却无法被观测到,这就是我们所说的暗物质。

宙中90%以上的物质含量,而我们可以观测到的物质只占宇宙总物质量的10%不到。它们不发射任何光及电磁辐射,也不能被任何波长的波所检测到。总而言之,暗物质不是我们所能理解的物质存在形式。

"基于之前的简化模型,我来阐述在对撞机里发生的事情:

"在对撞机的疯狂加速能级之下,大量质子被彻底粉碎,放出的'终极微粒'被瞬间解离又瞬间重组。随机的重组导致了相当多的粒子构成了暗物质粒子——原理就是前面我所讲的。而LHC的探测器却无法检出暗物质,于是这些暗物质的质量就无法被观测到——所谓的'失踪'质量就是这么'失踪'的。

"打碎和重组这两个过程时间极其短暂,探测器捕捉到了这个过程,但是留下的数据隐蔽而难解,这就是物理学家们一直束手无策的原因。而我则从一个完全不被考虑的小处入手,最终我成功了。

"就如同《天龙八部》里那个叫虚竹的小和尚解开珍珑棋局一样……"

"天哪……"张谭发出一声低低的惊呼,"暗物质粒子在人为的条件下被打碎再进行重组就能形成实体物质,亿计的粒子重新排列组合,刀就这样出现了……"

"而高维度的干涉,则实现了刀的变态运动。"夏可显得极为亢奋,"记得那把砍掉十四个脑袋的刀么?构成它的微粒排列得如此紧密,以至于微粒间的共振几乎为零,才使得刀能够处于接近于绝对零度的极低温,在砍头的瞬间冻结即将喷涌出的动脉血。"

夏可艰难地咽了一口唾沫,食指指向被屋顶隔绝的天空:

"请问能够做到这一切的,除了天上那只凌驾于诸神之上的独眼,又有谁能够做到?!"

此时张谭幽幽闭上了眼睛。夏可困惑地看着他,张谭却迟迟没有把眼睛睁开。

当他睁开双眼的时候,瞳孔已经变成了血红色。

两簇血色的光芒激射而出,如同天上那只诡异的巨眼。

"受试者,恭喜你,通过测试。"

夏可从沙发椅上猛地跳起来,人下意识地向后退去,撞翻了身后的椅子,一个踉跄趴在地上。他想爬起来逃离这个房间,但是不停颤抖的身体根本无法动弹,他只能任凭这如利刃般的血色光芒硬生生地嵌入自己的心底,切割着自己薄如蝉翼的神经。

"张谭! 告诉我,这究竟是怎么回事?"

"你称为'张谭'的人类已无意识。我们进驻其肉身取代其灵魂,以牧场主之名与你对话。"

"牧场主?"

"没错,我们是牧场主,就是那只凌驾于诸神之上的眼睛。"

夏可挣扎着站了起来,他将身体整个倾靠在椅子的扶手上,用艰涩而惊恐的声音发问:"既然你们凌驾于诸神之上,那么你们所做的这一切都是为了什么?"

"我正是为了告知你真相而来。"

"为什么独独告诉我真相?"

"因为你通过了测试。"

"测试……什么测试!?"

此时张谭说话面无表情,只能看到口唇机械地一开一合:"首先我要恭喜你。你对于杀人手法的分析丝丝入扣,与事实完全吻合。正因为如此,你才有了知晓真相的机会。"

"在告知你真相之前,我要告诉你生命体思维的真正秘密。你们真以为,颅腔内一个质量80%都是水的粗陋器官,真的能够胜任以亿兆计量的计算任务?

事实上,真正主宰意识行为的,是隐藏于你们密集神经中枢之间的灵魂。你们永远无法了解灵魂究竟有多么精致,它是一个高度有序的组织,在每一个飞秒里产生10^{78}种变化。"

"那它是由什么构成的呢……射线……未知粒子……暗物质……暗物质?"夏可艰难地吐出一个个字,而在张谭的瞳仁里,两簇光芒在空中衔接起来,在空间里扫过大片的光晕!

"你果然没有令我们失望。没错,灵魂是暗物质的量子列阵,在各个空间维度里四处延伸。在更高的维度里,暗物质与实体物质之间有着桥接的路径,在这条路径里,根本无须将粒子进行高速对撞,就能进行拆分重组,实现实体物质与暗物质之间的转换。

"这条高维度的路径,是灵魂与肉身之间的桥梁。桥梁之间极其复杂的交互过程,你们根本无法理解。

"而我们是灵魂的收割者。

"地球生物的灵魂,即庞大的暗物质量子列阵,自从十亿年前起,就是暗文明——由你们所定义的暗物质组成的生命,赖以进化的物质来源。形象地说,暗文明靠'吃'暗物质的量子列阵——即灵魂来获取进化,地球生物的灵魂,就是高等文明进食的'肉'。

"地球就是一个牧场,暗文明在牧场里养殖生命,收割灵魂。十亿年的时间里,牧场总共被3 576任文明所接管。暗文明的生命形态各不相同,其进化所需的灵魂种势必会有差异,因而养殖对象也就从微生物到恐龙无所不包。

"而在一百五十万年前，同为暗物质生命的我们，终于进化到了须要吸收暗物质量子列阵——即'吃肉'的阶段，于是我们接手了这个牧场。我们确定的养殖对象，是当时蹒跚直立的猿人。我们将猿人的灵魂体系进行大规模地改造，使之变得更加高等，以适应我们的进化需求——简单来说，就是让'肉'变得更有营养。在接手牧场之后，我们从未进行过屠杀，因为养殖对象正常的生老病死，也已足够满足我们的需求。

"于是猿人在一夜之间整整进化了五十个千年，进化速度从此也以指数方式暴涨，继而成为如今的人类。前后陆续出现了七代人类文明，而你们则是最后那一代。

"消亡的前六代文明，就是你们所谓的史前文明。

"我们任凭牧场里的人类文明自由发展，而结果是前六代文明全部毁于一旦。亚特兰蒂斯文明，史前文明之一，技术先进，文化多元。但是权力斗争中的一方选择了玉石俱焚，自爆位于大陆中心的能源系统，于是导致整个大陆沉于海底，文明最终消亡。

"你们是人类文明的最后希望。

"我们不想失去你们。一旦你们的文明付之一炬，我们的损失将会非常严重。我们或许可以重新选择猿类，但是改造灵魂体系的工程，即便只是重复过去的方法，也同样繁复浩大——当年的灵魂改造，整整用了我们五万年的时间。"

夏可停止战栗的身体重新开始颤抖，他推理得到的结论让他不寒而栗："你们屠杀科学家的目的，是为了牧场长久的存在……"

"你已经猜到了真相的轮廓。当我们只剩下最后一代文明的时候，沉睡的危机感才被唤醒。我们终于了解到，任由文明自主发展的一番善意，才是文明毁灭的祸首。

"文明毁灭之前往往会有几个关键性的历史节点。如果能在节点处改变历史进程，文明就不会毁灭。

"于是我们试图介入你们的文明。

"我们曾经数次调整你们文明的发展轨迹，以引领牧场里的你们，能够向着良性的趋势发展。

"最具代表性的事件，就是二战时期敦刻尔克大撤退的成功。'停止前进'的决定并非希特勒亲为，而是我们改变了希特勒的意识——即灵魂的运转方式。

"如果英法联军被全部歼灭，德国对苏联的闪电战最终将告成功，纳粹将扫平整个欧洲战场，腾出手照顾昭和天皇和墨索里尼。呈鼎足之势的三国很快就将会发展出核武，在癫狂的三国竞争中，核武器终将毁灭整个文明。

"我们帮你们扳正文明的车轮，不让文明朝着歧路狂奔。但也试图在矫正文明的同时，尽量将我们对你们的影响减到最小，尽最大可能让文明实现自主发展。

"但是我们还是错了。我们妄图让文明自由发展！这个善意的想法，一直是一个错误！

"因为本质问题一直没有解决。所谓本质问题，即文明道德的缺失。

"你们的文明道德同那些史前文明一样低劣。你是中国人，而这就是你们的历史。"

夏可突然觉得自己坠入了虚空。他下意识地紧闭双眼，直到自己的双脚再次找到了坚实的地面，才犹豫地睁开眼睛。

一座死城，寂寥无声。

一个身影，茕茕孑立。

夏可孤独地站在古城门口,落日的余晖点燃了他斜长的身影。

"公元 1274 年,元,成都。"

夏可踱入城门,那一瞬间,他的脸上再无人色。

萧瑟的秋风扫过一阵腥味,五六个人头徐徐滚到夏可的脚下。剖肠破肚的肢体在不远处堆积如山,在尸丘的最高处是一个女人的首级;一根被抽出的成人肚肠长达五米,一圈一圈绕在这一颗已无人面的头颅上。

死者相藉的尸堆遍布死城。蠕动的蛆虫在尸体上层层叠叠,远看如同一块块白色的裹尸布。三步远的地方有十几把长矛,矛头上都插着一个婴儿——还有一把三叉戟搁在一座淌着血的磨子上,每一个叉子上都顶着一个小小的躯体,在腰腹部缠绕着一圈脐带。

在夏可的右后方,是一个由头颅垒成的金字塔;不远的左前方,是一堆南宋女人苍白的小脚。前方似乎被什么东西封住了道路——那是几十具被切割的方方正正的躯干,零零落落地横在路中央。

夏可的双腿再也迈不开。他痛苦地蹲伏在地上,而此时一个声音在耳畔如炸雷般响起:

"你们中国人一直引以为豪的那支策马扬鞭直指欧洲的蒙古大军,将拥有两千万人的富庶川府,屠杀到剩下不足八十万人。在蒙古军队的杀戮和统治下,中国丧失了七千多万人口。至于数次西征,则更用尽杀人之能事——凡有抵抗即屠城,共屠数百城,包括屠杀了巴格达的数十万人口,整个中亚一片废墟。

"而你们汉人也绝非善类。

"东汉末年三国之争从来都是你们津津乐道的历史话题,但所

166

有的一切都是血与肉堆积出来的谈资。公元 156 年,中国人口五千零七万;经历了黄巾起义和三国混战,公元 208 年赤壁大战后的全国人口为一百四十万。

"屠杀从未停止,只可能愈演愈烈。太平天国爆发前夕,中国人口为四亿三千万。太平天国失败后,中国人口只剩下两亿三千万人。但直接死于战争的人数,在两亿的死者中却只有四千万而已。"

声音戛然而止,夏可再次坠入虚空。

这一次他睁开了眼睛。他看到四面八方全是高亮而刺眼的白光,即使他的身躯在不断坠落,白光依然如浓雾般环绕在自己的周围。当他的双脚重新踩回熟悉的地板,环绕周身无处不在的白光也就在同一时刻消失殆尽;取而代之的是熟悉的客厅,还有耳边张谭低沉的嗓音:

"当同类对同类的残忍达到了这种程度,这种文明的道德,还能有什么指望?

"和历代的史前文明一样,飞速的科技发展并不能给你们的文明带来福音。在集体性道德缺失的环境下,科技发展将会引入越来越多的危险技术,诸如核武、克隆人、人造黑洞等等,它们将在人性的疯狂下变得愈发不可控,迫使文明处于一种越来越不稳定的边缘状态,最后崩断自己的最后一根弦——在全球核战中自我毁灭,或者因自然环境崩溃而毁于一旦。

"技术是一把双刃剑。

"道德跟不上,技术发展得越快,文明毁灭得越快。

"史前文明都灭亡于此,而你们也将步其后尘。

"这种自取灭亡的毁灭趋势,仅通过偏转文明走向的弱介入方式已无可挽回。

"我们试图解决本质问题,但是本质问题从来无解。我们对自己牲畜的低劣道德,竟然一直都束手无策。最终我们洞察了一个事实,道德的优劣取决于文明属性,从文明自胚胎起就已注定,完全没有改变的可能!

"第一次接手牧场,我们毫无经验可言,因而对于低等文明的道德真相,我们全靠自己摸索。我们没有获得过外界的帮助,因为在暗文明之间壁垒森严,除了贸易,别无往来。

"那就只有采取强介入方式才能拯救你们。

"既然无法改变道德现状,那就只能锁死你们的技术发展。'肉'的质量不随文明的增长而增长,于是我们选择让文明原地踏步,这样才能保证文明不自毁于自己的技术。

"先实现科学禁锢。剪除最顶尖的科学界精英,再有选择性地扫平其他科研学者。不缓不急而又有选择性地屠杀,将使社会对于科学技术的恐慌推向极致,彻底锁死科技进步的可能。通过高维度桥接路径以及高维度空间干涉实现无中生有的杀人模式,对于你们而言也许不可思议,但对我们来说毫无困难可言。最关键的是,它能将凶杀现场的神秘诡异推向极致,造成最大程度的恐慌。

"再进行宗教控制。天上的真神和独眼,是实现宗教控制的杰作,以后将会出现更多更为壮观的神迹,足以让全世界的无神论者战栗。陷入宗教愚昧的人类不但会停止科学的脚步,他们更会听命于神的旨意,在神旨之下平息冲突和战端。

"不进步意味着退化,而退化则意味着灭亡。但我们还是能够做出一些微调,每百年适时地引入新的无害的技术,使你们能够在原地踏一万步后向前迈出一步。这就是文明原地踏步的真谛——文明的脚步看上去不动,但事实上它一直以无限趋近于零的速度向前挪移。

"这是最完美的两把锁。它们将彻底扼杀文明的发展趋势,而非仅仅调整文明的发展方向。

"我们完全可以让你们在一夜间退回刀耕火种的蛮荒时代,但我们并没有那么做,这已经是我们最大的怜悯。

毕竟,你们只是一群畜生。"

夏可正在大口大口地喘气。他断断续续地问道:"告……告诉我,什么是受试者?"

"在我们实现科学禁锢之前,我们须要对这个文明的文明层次进行评估。评估指标极为复杂,总共囊括了 278 个板块内的 5 215 个指标。

"由于我们曾经介入过你们的文明,评估体系必须引入一个全新的指标,这个指标称之为文明顶端指数。

"该指数只有两个数值,1 或者 0。

"灵魂——即暗物质量子列阵,不同个体间有序度参差不齐。简单来说,灵魂有等级之分,形成一个金字塔状的文明阶梯。等级为 C20 - 的灵魂在你们的文明中多达二十亿,而等级为 A06 + 的灵魂总共只有寥寥三万余人而已。

"但是灵魂等级与其个人能力并没有必然关系。用你们的话说,这个世界上有太多的人在挥霍自己的天赋。

"我们须要知道,那个站在金字塔顶端的人,能不能够达到我们希望他达到的能力水平。世俗的成就并不能作为我们的参考标准,很多人拥有很强的能力但只是条件不足而被迫隐而不发。

"所以我们必须对这个个体进行一项专门的测试。测试绝非简单地考量一下他的智力，同时是对心灵和意志的一次考验。

"测试结果只有两项：通过或者未通过。1代表通过，0代表未通过，这就是文明顶端指数两个数值的含义。

"你就是那个站在文明顶端的人。

"你面临着这项艰巨的测试，以你们文明唯一一名受试者的身份。

"你以为，你们的强子对撞机LHC的能级，真的能够达到轰开夸克的地步？

"为什么素来以扎实严谨著称的张谭，竟然会另辟蹊径地找一个教书匠来帮他的忙？

"半年前的LHC未解之谜，是我们故意设下的迷局。

"张谭找你协助破案，自然是我们出手干预其意识的结果。

"创造凭空生成和凭空消失的异象一石二鸟，这是我们的暗示，同时考验受试者的意志。

"时空扰动的观测效应，是解决问题的重要线索之一。

"而测试的内容，就是要你还原我们杀人方式的真相。

"当LHC的未解之谜出现的时候，就是测试开始的时刻。当时你对人生感到失望，意志消沉，毫无斗志，对于LHC的未解之谜，你根本无心去做研究。而当令人胆寒的异象在你身边出现，恐惧和绝望在瞬间填塞你的心灵，你的思考力在情感因素下更是急剧下降——你根本无法对我们的暗示做出理智的反应！当时我们以为，以你脆弱的心智，通过测试绝无可能。

"事实证明我们选择张谭是明智之举。张谭是一个卓越的人，首先他向你强调了你曾感受过但被你忽略的时空干涉效应，最终促使你洞悉了真相的一条分支。

"更令我们称奇的是，他使用了一种超乎寻常的方式与你对话——手谈。在那一局棋中，你理解了暗示的含义，甚至隐隐读懂了'你是被选中的人'这一事实，你沉睡的意志力在那一刻被重新唤醒。

"张谭理应得到它应得的犒赏，所以我们任凭你将一部分真相告诉他但并不出手干预。我记得你们的古语有云'朝闻道，夕死可矣'，真相一向都很宝贵。

"当你的意志力被唤醒的时候，我们才发现你的心智原来如此强大。你仅仅用三周的时间就解码了冗长的数据，不愧为站在文明顶端的天才。到此为止，测试结束。虽然整个测试并不完全凭借你的一己之力，但绝大部分工作依然是由你完成的。"

"我……我不可能是那个什么顶端……我还……还一事无成……"

"不，你是超越时代的人。"张谭眼中的红光突然柔和下来，"你那些天马行空的假说，对于高维度的认识和平行宇宙的新解，理解之超前，在你们这个文明中绝无仅有。"

"这是一个新的指标，而你的成功大大优化了这个指标的结果。你们这一代文明的文明层次，也因为这个指标的改写，登上了一个新的高度。在一百五十万年走过的文明里，截取文明的前六千年，将我们对你们文明的介入因素加以统筹，在这七个人类文明中，你们的文明站在最高的高度。"

夏可突然抽噎起来，整个人跪在地上，他的双手痛苦地抱着脑袋，用力抓着自己的头皮，直至头皮渗出鲜血。轻声的抽泣很快就变成了嚎啕大哭，最终竟然变成了厉声的长啸！

这个世界在夏可的心中已经死去。

已不仅仅是三观的崩溃。

夏可狂笑着站起身,他的笑声凄厉而嘶哑,似乎要把自己的五脏六腑在笑声中全部掏出来。他向前扑过去一把扭住张谭的头颈,指甲嵌入了他颈部的皮肉:"你这个骗子……你才是我们的畜生……"

张谭眼睛里的红色在慢慢褪去。他没有做出任何反抗,很快就停止了呼吸。

但是声音分明是从张谭的体内发出来的——

"作为牲畜能与我们对话,是对你受试成功的奖励。测试成功与否,宿命不会改变。我会将你的灵魂安驻在猫的体内,据你们的传说,这是来生转世;又据说,"声音在此时略微停顿了一下,

"猫有九命。"

一只蚂蚁在地上迂回行走,这是一只在寻找食物的工蚁。它向墙上爬去,它闻到了食物的气味。

蜘蛛已经守候了很久,它的蛛网早已准备好粘附它的美餐。

蚂蚁的触角已经被蛛网粘附,它细瘦的躯体开始挣扎,但是越挣扎蛛网将它缠绕得越紧。

蜘蛛开始靠近。

这时,一根白白胖胖的手指,拨开了那张薄如蝉翼的蛛网。

"多可怜的小蚂蚁!"一个幼稚的童声响起。

于是,他以他的逻辑,在一个异乎寻常的高度上,介入了另外两个文明的历史。

图书在版编目(CIP)数据

单挑/吴清缘著.—上海:上海人民出版社,
2013
 ISBN 978-7-208-11344-2

 Ⅰ.①单… Ⅱ.①吴… Ⅲ.①短篇小说-小说集-中
国-当代 Ⅳ.①I247.7

 中国版本图书馆 CIP 数据核字(2013)第 062747 号

世纪文景出品
Century Literature

出品人　邵　敏
责任编辑　林　岚　陈　蔡　蔡艳菲
封面装帧　王好好

单挑

吴清缘 著

世纪出版集团
上海人民出版社出版
(200001　上海福建中路 193 号　www.ewen.cc)
世纪出版集团发行中心发行
启东市人民印刷有限公司印刷
开本 889×1194　1/32　印张 5.75　字数 135 千
2013 年 6 月第 1 版　2013 年 6 月第 1 次印刷
ISBN 978-7-208-11344-2/I·1119
定价 25.00 元